黄春明小说集②

莎哟娜啦·再见

黄春明 著

北京联合出版公司
Beijing United Publishing Co.,Ltd.

图书在版编目（CIP）数据

莎哟娜啦·再见 / 黄春明著. -- 北京 : 北京联合出版公司, 2019.9
（黄春明小说集）
ISBN 978-7-5596-3482-5

Ⅰ. ①莎… Ⅱ. ①黄… Ⅲ. ①短篇小说—小说集—中国—当代 Ⅳ. ①I247.7

中国版本图书馆CIP数据核字(2019)第153656号

本书经联合文学出版社股份有限公司授权，非经书面同意，不得以任何形式任意改编、转载。

莎哟娜啦·再见

作　　者：黄春明
出版监制：谭燕春　高继书
选题策划：厦门外图凌零图书策划有限公司
责任编辑：牛炜征
封面设计：周富标
内文排版：孟　迪

北京联合出版公司出版
（北京市西城区德外大街83号楼9层　100088）
北京联合天畅文化传播公司发行
武汉市盛宏源印务有限公司印刷　新华书店经销
字数152千字　700毫米×1000毫米　1/32　9.875印张
2019年9月第1版　2019年9月第1次印刷
ISBN 978-7-5596-3482-5
定价：48.00元

版权所有，侵权必究
未经许可，不得以任何方式复制或抄袭本书部分或全部内容
本书若有质量问题，请与本公司图书销售中心联系调换。电话：（010）64258472-800

总　序

听者有意

  为自己的小说集写一篇序文，本来就是一件不怎么困难的事，也是"礼"所当然。然而，对我而言，曾经很认真地写过一些小说，后来写写停停，有一段时间，一停就是十多年。现在又要为我的旧小说集，另写一篇序文，这好像已经失去新产品可以打广告的条件了，写什么好呢？

  在各种不同的场合，经常有一些看来很陌生，但又很亲切的人，一遇见我的时候，亲和地没几分把握地问："你是……？"我不好意思地笑笑，他也笑着接着说："我是看你的小说长大的。"我不知道他们以前有没有认错人过，我遇到的人，都是那么笑容可掬的，有些还找我拍一张照片。我已经是七十有五的老人了，看他们稍年轻一些的人，想想自己，如果他们当时看的是《锣》《看海的日子》《溺死一只老猫》，或是《莎哟娜啦·再见》《苹果的滋味》等之类，被人归类为乡土小说的那一些的话，那已是三四十年前了，算一算也差不多，我真的是老了。但是又有些不服气，我还一直在工作，只是在做一些和小说不一样的工作罢了。这突然让我想起幺儿国峻。他念初中的时候，有一天我不知为什么事叹气，说自己老了。他听了之后，跟我开玩笑地问我说，"老吾老以及人之老"这一句话用闽南语怎么讲？我想了一下，用很标准的闽南读音念了一遍。他说不对，他用闽南话的语音说了他的意思，他说："老是老还有人比我更老。"他叫我不要叹老。现在想起来，这样的玩笑话，还可以拿来自我安慰一下。可是，我偏偏被罩在"说者无心，听者有意"这句俗谚的魔咒里。

当读者纯粹地为了他的支持和鼓励说"我是读你的小说长大的"这句话，因为接受的是我，别人不会知道我的感受。高兴那是一定的，但是那种感觉是锥入心里而变化，特别是在我停笔不写小说已久的现在，听到这样的善意招呼，我除了难堪还是难堪。这在死爱面子的我，就像怕打针的人，针筒还在护士手里悬在半空，他就哀叫。那样的话，就变成我的自问：怎么不写小说了？江郎才尽？这我不承认，我确实还有上打以上的题材的好小说可以写。在四十年前就预告过一长篇《龙眼的季节》。每一年，朋友或是家人，当他们吃起龙眼的时候就糗我，更可恶的是国峻。有一次他告诉我，说我的"龙眼的季节"这个题目该改一改。我问他怎么改，他说改为"等待龙眼的季节"。你说可恶不可恶？另外还有一篇长篇，题目叫"夕阳卡在那山头"，这一篇也写四五十张稿纸，结果搁在书架上的档案夹，也有十多年了。国峻又笑我乱取题目："看！卡住了吧。"要不是他人已经走了，真想打他几下屁股。

  我被誉为老顽童是有原因的，我除喜欢小说，也爱画图，还有音乐，这一二十年来爱死了戏剧，特别把儿童剧的工作当作使命在搞。为什么不？我们目前台湾的儿童素养教材与活动在哪里？有的话质在哪里？小孩子的歌曲、戏剧、电影、读物在哪里？还有，有的话，有几个小孩子的家庭付得起欣赏的费用？我一直认为小孩子才是未来。因为看不出目前的环境，真正对小孩子成长关心，所以令我焦虑，我虽然只有绵薄之力，也只好全力以赴。这些年来，我在戏剧上，包括改良的歌仔戏和话剧，所留下来的文字，不下五六十万字，因而就将小说搁在一旁了。

　　非常感谢那一些看我小说长大的朋友，谢谢台湾联合文学的同仁，没有他们逼我将过去创作的小说整理再版，我再出书恐怕也遥遥无期。我已被逼回来面对小说创作了。

黄春明

本文原载于二〇〇九年联合文学版《黄春明作品集》

目 录

莎哟娜啦·再见　　001

锣　　075

溺死一只老猫　　185

鱼　　217

癣　　235

北门街　　253

小巴哈　　263

城仔落车　　271

大　饼　　281

阿厘与警察　　301

莎哟娜啦·再见

我像一位孤独的长跑者,
一路受身体和精神的折磨,
慢慢地,
终于跑到泥醉与空白的终点。

人间的条件

想想这两天的行径！竟为了干两件罪恶勾当，心里还禁不住沾沾自喜。

一件是：带七个日本人去嫖我们的女同胞。

一件是：在这七个日本人和一位中国的年轻人之间，搭了一座伪桥，也就是说撒了天大的谎。

事情是这样的，昨天上午，总经理从高雄分公司挂长途电话，要我在十二点回台北前十分，到机场去接马场等七个日本人。说他们是和我们公司业务有极密切关系的人，一再叮咛要好好招待，并且说他们决定一下飞机，马上就要赴礁溪温泉去玩。我说从台北到礁溪那么偏远，不如到北投温泉好。

"谁不知道礁溪偏远，小姐没有北投漂亮，旅社设备也差，但是你知道，他们的目的是在换换口味——马场他们这一伙是一个'千人斩俱乐部'。他们来过台湾已经有五次之多了，连这一次是第六次。礁溪温泉是马场来信指定的……"

"总经理，这样子好吗？请叶副理带他们去，我手头上还有很多事没办完。"

"不不不！礁溪是你的故乡，所以我要你带。"

"但是……"

"这也是公事，是急件的！"总经理很正经地说。说完了突然笑了起来。大概他想到把这种拉皮条的事，列为急件公事而觉得好笑吧。我想。

本以为没法子推辞了，但听见电话中的笑声，我鼓起勇气正想再推辞一遍时，电信局的通话时限警号嘟嘟地叫，电信局的小姐问："要不要继续？"我和总经理几乎同时回答，我说继续，他说不用。我吃亏的是，只有对方可以不说话，将电话挂断就表示他的回答。明明听到那一边把电话挂掉了，我还不能自主地喂喂地连连叫了几声，才失望地把手上的听筒放回去。除非我回家不干，就这样，这件拉皮条的差事，算是要我干定了。

真是做梦也想不到，我这一辈子竟也要干拉皮条的事。不过事情可没有像说的那么轻松简单，当时我心里还经过一阵痛苦的挣扎呢。

当我重重地把听筒放回去的时候，叶副理和整个业务部办公室的同事，都把目光集注到我身上。叶副理已经知道一点，并且我在电话中还提到他，所以他一等我说完了电话，还故意提高嗓子说：

"总经理要你带日本人去礁溪温泉啊。"

"要我去拉皮条的！"我气愤地说。

全办公室里的同事，除了两位小姐把头低下来，其他人都开怀大笑起来。虽然他们个个笑脸对我，但是我总觉得他们此时集注在我身上的目光，都是对我挑战。平时他们都认为我是最有原则的一个不愉快的人，而我在言行上，也以此标榜自己。所以我想，他们现在就是等着瞧我，怎么去处置这件拉皮条的差事。没想到一时会被这些幸灾乐祸的目光，逼到十分窘迫的境地。事情倒不仅是拉皮条，如果单单是为了这个，我很可以在大家面前，自我解嘲一番就算应付过去，同时亦可以不伤我的原则。这一点我是有把握的。问题是才不久以前，为了报纸上的一则消息，在他们面前我极端民族主义地臭骂过日本人，那么现在我将要唯唯诺诺地带七个日本人，去嫖我们的女同胞，我心里明白，此时同事们喜欢看到我拍拍屁股一走了之，然后投给我钦佩而又羡慕的眼色，甚至于不惜称赞，大大地给我赞美一番。同时一定还有聊表意思意思的人，会很像一回事地挽留我。我也知道，要是我默默地去接日本人，我在他们心目中的地位，会一落千丈，而影响到今后在公司的工作。这还不算，至于我面对我自己，还有更深一层的矛盾等着折磨我呢。

居于个人与一个中国人对中国近代史的体认的理由，我一向是非常非常仇视日本人的。我最喜欢听他讲故事的祖父，据说他的右腿在年轻时，就是被日本人硬把它折断的。还有，在初中的时候，有一位令我们同学尊敬和怀念的历史老师，姓邹，他曾经在课堂上和着眼泪，告诉我们抗战的历史；说日本人分明是侵略我们中国，还高唱着代天行道、打倒不义的战歌，把这一场丑恶的侵华战争，美其名为"圣战"。同时在中国大陆残杀无数无辜的老百姓。当时这位身为南京人的历史老师，拿出外国杂志上的图片，让我们看到南京大屠杀的镜头；我们看到被砍首的中国人，被刺刀刺进肚子的孕妇，其中最最难忘的是，一群中国人紧紧地手牵着手，有的母亲紧紧地抱着孩子，走下土坑被活埋的场面。记得当时看了这些图片，整个身体都变得像石头一般的僵化了。我们一边含着眼泪听邹老师讲,一边在心里还恨自己的年龄没能赶得上十四年抗战,去找日本鬼子为我们同胞报仇。哪知道,事隔将近二十多年,世局的变迁,社会的变化,历史给历史老师的使命,在我们心田里种下的种子,久而久之,也就像现在,只觉得偶做胚动,而未遇时机露芽,或许我的这种意识早被潮流淘汰;但是在我个人的意识中,根深蒂固的这般,是我无法拔除的。然而,现在在形式上,不但不能仇视日本人,总经理还说要我带他们到礁溪温泉,好好招待招待他们。其实,这件差事要是落在其他中国人的身上,他也发生同样的矛盾和痛苦的话,在于我又是一个礁溪人的立场,因而又有另一层难言的苦衷。可不是?到时候家乡的朋友问我回来做什么,我怎么向他们说呢?总经理在电话中,还强调着说,因为我是礁溪人,所以要我带他们。

不干了!

不干?

来台北也有十年了,十年间换了二十多个工作地方,每次都是耍性子潇洒一时,其间,也几次没钱付房租、婴儿生病典当东西看医生,等等。受到这些日子惊吓的妻子，她脸上的阴影到现在尚没有完全退却呢。再说：这个工作不干了，下一个能容我工作的地方在哪里？还有我最近常常感到胸腔有问题，动不动在三更半夜痛醒过来，这样的身体状况，也不允许我再任性——这些都不是凭过去的冲劲所能把握的。说真的，因为有了目前的这一份工作，我第一次使这个小家庭的生活安定下来，随即妻的那张惊慌着的苦脸，也能为咿呀学语的孩子学会了一点什么行为，而开始泛起笑纹把阴影拨开，小孩子经常复发的支气管炎，似乎也不见发作。

不能不干！

干？

几年来一直坚持下来的原则，也把自己塑造成一种特殊的个性和气质，就要垮在今朝？那又何必当初。真不像黄某某你自己。我知道，熟悉我的朋友知道了这事情，一定都会感到惊讶。一向习惯于友人类似赞赏自己的目光下活动的我，如果那些目光都黯淡下来了，我将怎么办？我想最不容易妥协的还是自己。放弃了原则，我还有什么？

但是话又说回来，我这样会不会把自我看得比什么都重要？会不会眼光不够远大？

难道我自己伟大得不值得去为妻小他们牺牲一点什么？何况妻小不见得有你的原则。妻是一个成人，即使她能了解丈夫的原则和价值，并且赞成这原则，坚持这原则而不辞劳苦；但是小孩子，什么都不懂的小孩子呢？他肚子饿了，他有权张大口哭闹着要奶喝；他生病了，他有权要求看医生，他有权向这个世界要求一切使他长大独立自主。我知道我不能忍受对小孩子有所亏欠。说不定孩子将来会有很大的成就，不然或是到孙辈他们。然而，这个关键很可能就是现在的干与不干。这时候我突然发觉，我过去是多么浑蛋的人；所谓的原则，其中大部分是看低了什么，提高了自己，和高估了什么，提高自己的自我满足的心理卫生的把戏罢了。

"我看我拉皮条的事干定了！"我用玩笑的口气，向办公室里渴望马上有个结论的目光做一个回应。但是我心里是非常正经地决定了这件事。我知道他们现在对我怎么想，所以我不能不搭建"楼梯"，让自尊从高高的地方，安安全全地走下来："不要笑，我铁定要干拉皮条的事。为什么不？"我好像顾不了他们听不听，我必须做完简单而重要的演讲。"我今天不带他们七个日本人去，别人会带他们去。照样有七个女同胞被糟蹋。"他们愣了一下,然后一下子又变成哄笑起来。

"喂!老黄,你怎么了,我们又不是禁娼委员会,或是什么的,干吗突然对我们讲这个?"叶副理说完,又引起大家笑。

"不,不。先听我说嘛。"其实我还有什么说呢?但是话又不能这样结束:"以我所知道,那些女人没有一个是自甘堕落的,她们都是环境所迫,为整个家庭牺牲。我去干拉皮条,教她们怎么向日本人敲竹杠。你们知道,那一个地方的女人越便宜,代表那地方越落后;像南美洲的几个国家,一个女孩子采一天的咖啡豆才赚八比索①,一个十四岁的孩子跟人陪宿是十六比索,大饭店里的一杯咖啡也是十六比索,你们不要笑,这是真的。我们在日本人的心目中,也是一个落后地区,事实上我们已经进步很多。但是在他们的印象,还是把我们看得低。看他们来到台湾的那一副优越感,心里就气愤……"

"那你又要带他们去礁溪玩!"没想到羞答答的陈小姐,竟然被我的话感动而冒出这么一句话来。这一

---

① 比索:这是一种主要在前西班牙殖民地国家所使用的货币单位。

下又激起一阵笑声，我陪大家笑，心里纳闷起来，本来我是为自己安排"楼梯"的，这么一来又把自己逼到极端。

陈小姐的话又不能不作答，我不知怎么说才好，只是反应着说："是啊，是啊……"

那一定很滑稽，他们又笑了。

就在即将陷入尴尬境地之际，忽然来了一个灵机，叫我反问陈小姐：

"要是总经理叫你做这件差事，你干不干？"说完这句话，我心里暗地里叫险。如果她回我说："不干！"这我将怎么办？

我来不及多想，陈小姐马上回答说："我是女孩子，总经理才不会叫我。"

在笑声中我抓住机会，借题转移目标说："叶副理，要是总经理找你，你干不干？"他在笑声中支吾时，我接着说："刚才总经理电话中说，这也是公事，不但是公事，他还说是急件的呢！"

叶副理嘿嘿地笑着。

"不会错吧，没人敢拒绝对不对？"面对着他们有点僵化了的笑脸，我第一次很清楚地意识到自己是多么的狡猾。

七武士

中午，我用半开大张的白纸，在上面大大地写着"欢迎马场先生"等字样，站在机场的出口处，对着陆续走出来的旅客，很难为情地轻轻摇动。不一会儿的工夫，有一位日本人看看我手上的纸牌，对我笑笑，然后停下来回过头向后面的人用日语喊："来了，来了。在这里。"从后面跟着来的有四个，他们都停在第一个站着的那儿，一起回头看里面。我听到他们叽里咕噜地谈：

"马场君和竹内君呢？"那个先出来的人说。

"还在检查室！"

"这一次怎么这样麻烦！"

"好像只对我们日本人这样穷找虱子[②]。"

"浑蛋透了！"

---

② 穷找虱子：意思是故意挑剔、刁难。

"连裤子里面都搜查了。"

"我也是！"

"真的？哈哈，我可没有。"

"不会吧？我们四个都有呢！"

"真的你们都被翻裤底了？"

"嗯！你也被脱了吧。有什么不好意思，还赖。"

"嘿嘿……如果是台湾姑娘来检查，大家一定都很情愿……"

他们一伙哈哈地笑得很开心，好像受检查的怨气也给笑跑了。

他们站在我的对面，我在栏链子这边大约隔五六步之远。我看我们已经联络上了，就把那一张纸折起来放在后面的口袋里，心里想着刚才拿着它摇晃的样子"也真丑死了"！那一位先走出来的，以为我跟他说什么，他向我这边说："马场君还没出来。请等一下。"

他们似乎又为一点焦虑骚动起来。

"马场会不会有什么麻烦？"

"不会的，他没有带什么违法物品嘛。"

"会不会是因为那些玻璃丝袜和裤袜？"

"不会！我们带过好多次了都不出问题的。"

"说不定。这一次带了八十件呢！"

"那些东西便宜得要命，要就送给他们算了。"

"真扫兴。"

"马鹿野郎③！"

"……"

"……"他们咕哝着，因为隔了一段距离，我不能完全听清楚他们还说了什么。

差不多和他们同班飞机的人都出来了，他们还等着马场和竹内两人。他们当中正有人想走过来跟我谈什么的时候，有几个人一起叫起来："出来了！"

两个矮胖的日本人，两张脸都绷得紧紧的向这边走过来。

"有没有问题？"他们的朋友问。

"有什么问题！还不是找麻烦，真气人！"

"啊，马场君，他们来了。"那个人指着我说。

马场马上露出笑脸，带着他们走到我面前，我们隔一道栏链交换了名片。

"没有关系，你们总经理怕太太我们都知道。"

---

③ 马鹿野郎：日语，指一个人的行为思想愚蠢到无可救药的程度。马鹿：日语，笨蛋的意思。

"不！这一次他真的在高雄赶不回来。"

"怕太太的赶回来有什么用？"马场笑着说，"我们有你黄君来带就不虚此行了。"

"不……"我真不知道怎么回答好，马场的话无意中又提醒我意识到拉皮条的事。我心里很难过，嘴巴却说："我尽力就是，恐怕会让你们失望。"

"看你的样子，年轻又潇洒，就知道。"

这句话实在不好听，不知他们怎么想。

"马场君，我们还等什么？"他们催着。

"不等什么啊！"

"那么就走吧！"

"走！"马场说，"黄君，此行看你了！"

他们的行李都很简单，每人肩上挂个包包，手提各装两瓶洋酒的包装袋，另一只手提小提包。我们八个，正好雇两部出租车，从台北机场直趋礁溪。

刚才虽然在机场互相交换了名片，但是我还是不知道谁是落合、谁是田中、田村和上野。只有后出来的马场和竹内，还有后来才知道的佐佐木，因为他的脸特别长，也是最先走出机场跟我点头的那一个。我和马场还有记不得姓氏的两位坐第一部车，竹内和佐佐木他们坐

第二部车。

"黄君,从这里到礁溪要多少时间?"马场问。

"如果在山路上不遇到下雨和落雾的话,两个半小时就可以到达。"我说。

"那不近嘛!"其中有一位秃头的说。

"什么?"坐在马场他们中间的一位笑着说,"落合君心里痒得等不及了!"

"马鹿!你才等不及咧!"他也笑。

"我来说公道话,田中君也等不及呀!"马场也凑在一起大笑起来。

我从前座半回转身说:"不、不,马场君的话还是有欠公道。应该说大家都等不及才对。"

他们三个人笑得往后仰,并且一边说:"对、对……"

"我说得不错吧,有黄君带绝不虚此行的,他最了解我们的心情了。"马场说。

他妈的!他妈的……

我心里虽这样叫骂,但脸上还是嘻嘻哈哈地做样子给他们看。

我很清楚地意识到,我将近十年来,在商业社会的工作场所，染上了自己一向看不起的习气。然而这种由社会形态影响个人的习气，竟然和自然界的生物，求生存的本能伪装、保护色、警戒色、模拟等是一样的。

从刚才的谈笑间，我已经知道，秃头的叫落合，另一个叫田中。当车子从敦化北路来到南京东路绕铜像时，田中一边往后看，一边说："车子开慢一点，后面的车子会跟不上。"说完他们也都回头看。

"跟到了，就在后面。"

"放心吧，司机先生都知道。"我说。

他们三个回转头坐好，稍沉默了一下子，马场吐了一口烟，叹气地说："最近台北的海关怎么搞的，特别对日本人过意不去！"

"真的，到底是怎么一回事？"落合问。

"特拉维夫恐惧症啊！"我带着责备的口气说。

"什么特，什么恐惧症？"落合倾过来问我。

我看马场和田中也没听清楚的样子，我就说："上个月不是贵国的三个年轻人，在以色列的特拉维夫机场④……"

---

④ 指的是1972年5月30日在以色列的特拉维夫机场发生的恐怖事件，嫌疑人为三名日籍男子。

"噢——知道了，知道了……"田中越说声音越小，其他两人慢慢把背靠后，一边点点头。"真像野兽，一下子杀死那么多无辜的。"我抑制几分愤怒，"难怪这里的海关啊！"

"那当然！那当然！"马场说，"不过台北好像比较敏感一点……"尽管马场还有落合和上野，他们怎么想掩饰内心的窘迫，但是我还是可以看出来的。

"如果台北是敏感的话，干脆就不叫你们下飞机。"停了一下，我又说，"特拉维夫恐惧症今天已经是世界性的问题了。"

"嗯，那是真的……"马场小声地说。

"日本今天的年轻人，也实在太无法无天了。"落合望着我，好像努力在说明什么，想让自己脱罪，"他们一天到晚反对这个，反对那个，整个日本被搞得乌烟瘴气。照我看，日本再这样下去，后果真不堪设想。"

听了落合的话，本来想趁着这机会，跟他们弄清老账，说老一辈的日本人，也不见得比年轻一代的日本人高明多少，侵华的血腥，在历史上是永远洗不清的。

但是看了他们每一个人，一下子变得很不愉快的样子，并且日本人到台湾来的那一份优越感也消失的时候，我只那么想了一下子，也就作罢了。我先笑了一下说："各位干吗那么认真？"停一停，继续说："有没有什么东西被没收？"

"那倒没有。"

"我们并没有带什么违法的物品进来。"

"那就好了。怕的是你们的剑被没收。"我打趣说。

"什么剑？"马场紧张地叫起来。其他两位也紧张地瞪着我发愣。

"黄君，别开玩笑了，你说什么剑？"落合跟在马场的后面问我。

看他们紧张成这种模样，我笑得更厉害。我说："还有什么剑？你们'千人斩俱乐部'的剑啊！"

他们突然恍然大悟地大笑起来。

"哈哈……对、对，千人斩的剑！哈哈……"

"这种剑劫不了飞机，当然不会被没收啊！哈哈……"

马场还故意摸摸底下说："我摸摸看，说不定剑被没收了还不知道呢。"

说实在的，不管我怎么恶作剧，有意气愤地整他们，但是我也觉得很好笑。

马场接着像滑稽明星的表演，拉高嗓门学日本武士怪声怪调地呼诵：

剑道——乃是人道——
剑在——乃在——
剑亡——人乃亡——

落合和上野在旁边笑。落合告诉我说，马场现在朗诵的这几句话，就是他们叫"千人斩俱乐部"宣言的最后部分。现在他们又高兴起来了。

"你们'千人斩俱乐部'成立多少年了？"

"有八年了，会员就是我们七个。"马场说。

"为什么只有你们七个会员？"

"我们七个啊，小学同学、中学同学，当兵在一起，现在做生意也在一起。怎么样？很难得吧。有好多人想参加，我们都不肯。"

"我们这个会，会员虽少，但是在日本很有名呢。"落合得意地补充马场的话说。

"你所谓的千人斩，有什么特别意义没有？"

我问。

"当然有意义啊！"马场眯着眼，"古时候日本的武士都有一个愿望，他希望在一生中杀死一千个人……"

"没有一个武士达到这个目标吧！"

"没有。但是这是武士的理想。一个武士如果没有这个理想，也就不能做一个好武士。为了要杀一千人，他会好好练武。"

"那么你们千人斩的意义是什么？"我明知一些，我这样问，只是想他们有什么别的。

"嘿嘿……"马场奸诈地笑笑，然后说，"武士道的时代已经过去了，我们不能再佩着武士刀浪游天下，不是杀人就让人杀。同时，我们也不愿意当武士。我们千人斩的意思是，希望今生跟一千个不同的女人睡觉。嘿嘿……明白了？"马场看着会员显得十分得意。

我顿时觉得他们非常非常丑陋。但是我脸上的表情，一定还是那副笑容！不然他们不会那么放浪。可怕的是，我脸上的那一副表情，已经不用下意识去装出来。

"你们有没有人达到这个目标？"

"没有！"落合禁不住抢先说，"一千个，听起来好像不多，其实不简单……"

"一千人是我们的理想。我们一有机会就到境外，南美洲、东南亚，还有韩国、中国台湾，是我们常跑的地方。"

"唷！那么你们很花钱嘛！"

"生不带来，死不带去，这样想想也就不觉得可惜。人生短短的，能快乐就尽情地快乐。对不对？这也是我们七个人所同感的地方。"没想到这样的事情，还有这么悲壮的哲学基础，并且让马场说来，也带有几分严肃。

"还有，我们有一个原则，除了自己的太太，绝不跟同一个女人睡两次觉。"落合说。

"这样算是违反贵部的规矩吗？"

"不。一个人精力有限，不要说一千个人，算一千次都不简单。所以为了达到本部的目标，自然就会产生这种自我的约束出来。"

只顾自己埋在角落，听别人说话而露出笑容的田中，就那样靠在椅背抱着手也开始插进嘴来了："请问黄君，在西门町有一家咖啡厅，是在地下室的，名字——"他想了一下,"名字记不清了,上面好像是理发店,对,是理发店!那一家咖啡厅,现在还在不在?"

"地下室的咖啡厅……"我思索着:以前的野人上面也不是理发店,文艺沙龙嘛也不是,还有……

在我思索间,他们谈着。马场把脸转向田中,兴奋地说:"你是不是说秋子那一家?"

"对!就是秋子。"上野也兴奋起来。

"黄君,我告诉你,你马上就可以想起来。"马场手拍着我的肩膀,然后手比着:"理发店旁有一道很窄的门,平时不注意根本就不会知道,那个咖啡厅就是从这道门出入。想起来了没有?"

"没有印象。"我摇摇头。

"那就怪!这一家很出名呐!在我们日本都很有名呐!你怎么会不知道?"马场说。

"我真的不知道。什么事那么有名?"

"嘿嘿嘿,有各路来的姑娘,搞各种把戏。你真的不知道?"

"不知道。"我真的不知道。马场和田中诡秘地望着我笑。

落合好像在主持公道说:"我相信黄君真的不知道。这种事往往观光客比本地人清楚,因为那种地方是做观光客的生意,不做本地人的生意。难怪。"

照理说,我应该感激落合才对,他替我辩解,解开为难,但是我觉得他未免把事情看得太严重了。不清楚这种地方有什么不体面,反而清楚这些,在中国人的社会里才是不体面的事。不知道日本人对这事的看法是怎么?

一种轻微的恼怒掠过心里,我说:"落合君,你大可不必为我这样解释。如果你们今天问我'故宫博物院',或是历史博物馆在什么地方,我不知道的话,我自己会觉得很难堪,像这种事,哈哈哈……"

我之所以会笑起来的原因,是因为我觉得我的话太严肃,害他们有点紧张地为我频频点头,表示赞同我的说法。

"黄君,你说得对,但是我们并没有恶意……"马场认真地说明。

"是,我们绝对没有恶意。"

我很能装。我把它当着很好笑的事情那样,哈哈地大笑起来,慢慢地他们也被我的笑声同化了。这样我竟然能笑出一点眼泪，我拭泪说："怎么了？是你们认真，还是我在认真？"然后继续笑着："老实告诉你们，你们刚才说的那一家地下咖啡厅我知道。现在已经不在了。不久以前被取缔了。"

他们三人无可奈何地望我笑笑。落合好像有话想说，然而上了喉头，不知又被什么念头打消，使他才挺起的上半身，一下子又跌到靠背上。

马场说："黄君，你够厉害！"他怕我又误会什么，"我是说我很钦佩你。"

"不敢，不敢……"

他们互相交谈着说："我说得不错吧。"

"真的。"

"哪里，哪里……"我说。

田中又埋在那里微笑着频频点头。

我心里很高兴，多少修理了他们一下。但是我还是嘻嘻哈哈地说："三个人挖苦我一个，太不公平了。"我看看手表，"还有一个多小时才能到达目的地，能睡的话睡睡，应该养精蓄锐啊。"

"不，真想多跟你聊聊。你想睡吗？"马场问。

"不，我也想聊天。"

"黄君，我们如果说错了什么，你可不能介意唷。"落合笑着说。

"不会的，彼此彼此吧。"

车子在叫作云海的山间跑，司机先生换了一盒卡式录音带，播放出来的还是中国歌词的日本流行歌。大概是这种音响效果的缘故，上野一边看着外面山间的风景，一边说："看呐！这里根本就和日本的青森县没有什么两样嘛！"

"我也正好在想这件事。"落合有点惊奇，低下头往外观望。"只是路旁的果园，不是苹果树。"

"那些草房子也像。看，就在那边。"马场指着被车抛在后头的草房。

"连车子里面的流行歌曲也地道吧。"我说。

"还有你标准流利的日本话呐！"马场对我笑着。

真糟！我心里一边咒诅，一边叫屈。如果马场是有心眼说这句话，我这下就算输了这一着。我暗中观察他的表情，想看他是否有意损我一句。要是他是有意损我，我就准备回他几句。结果我看不出马场有什么意图，但是我心里还是很不舒服。我想即使他们不这么想，在他们的潜意识里面，还是把台湾看成他们的殖民地。不，不只是意识上的感觉，实际上的像日本商人，来到台湾在商业上那种趾高气扬的姿态，就是在他们的经济殖民地上昂首阔步。我把脸转回来，面向迎面而来的山路，沿途受心头的怨恨纠缠。马场他们三个仍然在背后谈笑，好像也在说我什么，我没去理他，可是在心里痛恨而表面上迎合的情况之下，说他们说什么好听的故事也罢，对我来讲，说有多刺耳就多刺耳。

　　拉皮条。不干了！

　　不干？上午和总经理通完电话时就该不干了，现在怎么可以……

　　上午接完电话后的心理交战，又重新在心里复习。在受不住矛盾交迫之下，拉下了玻璃，把头伸出窗外让风冲冲，同时做了几下深呼吸，也就觉得舒畅了一点。这时候，车子正好沿着坪林溪谷的山脊走，我很自然地俯览山谷，我看到千仞下面的谷底，看到细长的坪林溪潺潺地流着。奇怪的是，深谷底下纤细的溪流景象，竟然叫我一时模模糊糊地想到历史；历史的什么、什么的历史，我自己也不确知。就这样子，我感到眼底下的溪流流过我的心坎，同时我感到怅惘和悲哀。

　　马场从后面拍我的肩膀，等我缩回头时，他说：

"黄君，请司机停一下车。我们想小解小解。"

我们的车子停下来，后面佐佐木他们的车子跟到。他们嘻嘻哈哈不约而同都下来，在路边站一排小便。我坐在车子里面，望着他们，看到两部游览车开过来，心里有点替他们急。但是当满载男女游客的游览车，从他们身边擦过的时候，他们还从从容容谈笑，还有人竟然一边小便，一边回头对着游览车上的人笑。以前听老一辈的人每说起日本人，总是会提到日本的男人最喜欢站在路旁小便的事。当时我倒不觉得这有什么大不了。但是，现在看到他们一排站在那儿，不顾一切，随心所欲地小便时，我才了解为什么老一辈的人，那么在意这件事，并且也明白了，为什么中国人称日本人叫狗或叫四脚仔的道理来。

游览车过去了，他们笑得很大声，我还听到马场怪声怪调地叫：

剑道 —— 乃是人道 ——
剑在 —— 乃在 ——
剑亡 —— 人乃亡 ——

用心棒

到达礁溪碧山庄温泉旅社,已经是下午三点半了。他们各自选择了套房之后,为了先吃酒菜或是先洗个澡,还争了一阵。最后大家才决定先在马场的房间开酒席。

两个穿制服拖木拖板的中年服务小姐,很勤快地从外面转着一张大圆桌面进来。她们一进一出很快地也把凳子凑足了。当她们端着碗筷再回到房间来的时候,也带来了三位十七八岁模样的小姐进来。

"她们三个是当番的啦。"叫作阿秀的服务生对我说,那三个小姐有点畏缩地站在一边,阿秀指着靠前的一个,"她叫小文,第二个这叫阿玉,最后面的叫英英啦。"那三个被叫到名字的时候,都不知怎么好地点个头,然后互相挤在一起吃吃笑着。

我简单地替他们介绍了一下。他们七个人从头到脚打量着小姐,害得她们有点窘窘的。小文低垂着头,好像看到自己并不好看的脚丫子,看到肥短的脚趾头涂蔻丹,拼命想把脚趾头缩回来。以我的经验判断,这三个小姐都是涉世不久的乡下姑娘吧,许久在阳光底下工作的肤色，还不见褪却多少。小腿上还可以隐约地看到，过去生小包包的深色疤痕，密密地集在某一个地方。虽然是职业性的，但由于她们所表现出来的怯生表情，大概引起了这七个沙场老将的日本人的新鲜感。我听到他们小声地在讨论。

"可能不错吧。"

"很俗气，"马场说，"但是就因为这样可能不错。"

"都很年轻嘛！"

"十六七岁的样子。"

佐佐木不知说了什么，我没听清楚，可是他们都笑了，并且笑得很大声。三位小妹仍然挤在一起，看样子有点怯怕，又不知为什么禁不住地跟人笑起来。叫小文的那位小姐，还把身子转回去，顺手用力在阿玉和英英的腿上掐一把，害得她们两人大叫了起来。连日本人也莫名其妙地吓了一跳，一直问我什么。阿秀一边架桌子摆碗筷，一边叫嚷着说："你们三个真三八[5]！还不过来帮忙，不怕等一下挨骂！"

---

[5] 三八：闽南方言中骂人的话，意思是指那些不正经或者行为、语言等方面不符合礼仪、道德规范的人。

"你的小文啦！人家又没怎么样，也给人家掐！"英英说着，一出手就往小文的下体伸过去，"我也要掐你一把才甘心。"

"哎哟！不要！"小文大叫了一声，往我们这边跑。

"头家娘⑥——来看啦——看你的小文——"阿秀拉高嗓子叫。

跟阿秀一道进来的服务生，也开始说话了，她很正经地说："如果你们不想帮忙，就好好地坐下来，这像什么？他们是日本客人呐！"

她们似乎安静了下来。

"她们还是小孩子嘛。"马场笑着说。

"你们看。"落合抱着跑过来的小文说，"这孩子的身体真不错，我要这个。"他低下头向怀里的小文说："我喜欢你，知道吗？"

小文柔顺地依在落合的怀里问我落合说什么。我告诉了她。她马上仰头指着落合的鼻子说："不死鬼⑦！"

---

⑥ 头家娘：闽南方言，称呼老板娘或者店主之妻。
⑦ 不死鬼：闽南方言，形容男性好色，不要脸。

"小文！你不要乱说话。"阿秀警告她。

"什么？"落合好奇地问。

"我是跟他开玩笑嘛。"小文说。

落合又问我。我说："她说你是色鬼！"

落合还有其他人都笑起来。"是，是，我是色鬼。"落合高兴地一个一个指着说："他是，他也是，他也是……我们七个都是色鬼。"

佐佐木在落合的身边，顺便伸手想摸小文的身体，但是小文很快地把佐佐木的手推开说："你怎可以这样？"她学着歌仔戏上面小丑说的话，笑着说："朋友妻，不可欺也不知道。"

"唷！好凶啊。"佐佐木也笑着说。

"黄君，这孩子说什么？"落合问。

我说给落合听了之后，落合乐得把怀里的小文抱得更紧："这个女孩子真好！"

佐佐木觉得好玩，故意伸手去摸小文大腿，让小文打他的手，这样一来一往，他们看的人也觉得好玩。

"不死鬼！"小文叫着，并且要落合向佐佐木抗议，落合表示要小文打他。

当然小文只是随便说"朋友妻，不可欺"，同时除了落合，不让他人碰她。我心里想，小文毕竟是中国人，她虽是妓女，这群日本人和她比起某种文明来，实在不如。大概日本人被中国人讥笑做狗，也有这个因素吧。

不一下子，英英和阿玉也都落到他们的怀中了。接着令我感到这辈子最烦、最尴尬、最窘的事情发生了。他们动不动鸡毛蒜皮的话都要我翻译，并且同一个时间要应付那么多人。还有大部分话，要是本身没进入色情的情况，实在不堪入耳。然而还得替他们把这些话翻出来。家乡有一句话"牵猪哥赚畅"，意思是说养公猪等养母猪的来叫接种的职业，没什么好赚也可以赚到高兴。在农村社会里这种活是不被视为正当职业的，并且干这种活儿的，通常都是孤独的老人。他虽然没有妻儿做伴，但猪在交媾的时候，他都必须守在一旁，插手做最实际的帮忙，而得到刺激过过瘾。这句谚语就是这么来的。我并不以农村社会的标准来轻视牵猪哥的人。如果说牵猪哥能赚到高兴，我这样又赚到什么？

越想越气愤。但是这又奈何他们？其实他们并没有强迫我做目前的事。在另方面来说，对我还是很客气而有礼。他们一下子黄君长，一下子黄君短，多少也有点讨我好呐。那么我到底被什么牵制着不能不干？平时从理论多于实际的情况，了解到社会对个人的影响，而这次却切身地体会到，我面对着像巨人般的社会，不幸冲上他打个喷嚏时，我将像遇到一阵狂风，把我吹到十三层天外去。当然，我目前所遇到的不是整个的社会，而是受到日本的经济所控制的部分吧。我想。就因为如此，日本人到这儿来就显得优越。

"黄君，多叫几个女孩子来吧。"竹内说。

"叫她们统统来，说有礼物给她们。"马场一边说，一边转身去提出一只袋子，"看。有这么多的礼物。"

我叫阿秀去叫她们来。阿秀说马上来，酒菜一上，她们就会来。

果然，第一道菜一上，差不多有一二十名小姐都来了。有的站到里面，有的站在门外。阿秀像一个指挥，叫着说："里面的走进来一点，门外的都进来！"然后对我说，"当番的三个一定要，其他的你们一个人点一个，最好能多捧几个场。"说完了她看到有些小姐没走进来，又大声地，"叫你们进来你们不进来，到时候不要怪我偏谁呃！"

里面虽然站进来不少，外面还有七八个。她们的表情都很平淡，但是还是可以看出她们在这种职业场中的成败经验，在门里的就显得比门外有优越感。当我走出去请她们进里面的时候，我还看到一个低头背靠着墙，很无聊地弹着指甲玩。当她意识到我走出来时，抬头看了我一下，马上把头垂得更低，把脸别到一边。就在这刹那间，我已经看到她的脸面，有一半是刺青的印记。为了这个发现我踌躇了一下。我想，请她进来嘛，她会自卑得更难过。不请她进来嘛，她会想，"客人又不喜欢我的脸"，而使她更难过。这怎么办呢？在犹豫间，我也不知怎么好，我已经轻轻地握着她的手，告诉她说："我要你，请进来。"这时我看到她又惊又喜的半个脸孔，一下子似乎解除了内心的许多矛盾。接着我变得勇气十足，摊开手把门外的七八个小姐亲切地推了进来。她们也似乎因为我的态度，解除了平时伴随而来的自卑。

马场站在一张椅子上，摇摇晃晃的样子，引起了大家轻松的笑声。他拉开了挂在颈上的包包的拉链，拿出几双玻璃丝袜，高举在头上叫：

"都进来了吗？过来，每一个人一双！"

我鼓励小姐们上前去拿。结果没想到，当小姐们涌上前去抢的时候，在底下的六位日本人，竟然乘机打劫，十二只手伸到小姐的身上乱摸，弄得小姐们又笑又叫。他们乐得忙不过来，一边摸，一边得意自语：

　　"哇！摸到了。"

　　"呀！不要跑……"

　　"……"

　　我上前抢了几双，分给后头又想要又不敢上前的几个，她们拿到这样的东西，都显得很高兴。就是自己上前去抢，身体被乱摸一阵的小姐，也觉得很划得来。其实这种袜子，只是包装印刷好一点以外，根本和台北市西门町超级市场附近零售摊叫卖的两双十二元的一样。不管他们怎样跟小姐打交道，算是交易也好，或是算见面礼也好，总叫我联想到所谓的经济合作和技术合作的态势来。经这么一想，我自己又跟自己闹别扭了。

　　就在这一场摸啊抢啊的过程中，他们各自都选好小姐搂在怀里。马场也看准了一个，从椅子上跳下来抱住一个。其他的小姐知道自己没被看中后纷纷想走开。

　　"喂！等一下。"阿秀叫住了她们，然后向我说，"请你叫日本人，多叫几个小姐捧捧场嘛，她们都很可爱呢。"说着马上向小姐叫："看你们这一堆死木头，也不笑也不哭。你们少赚钱，我又不会饿死，你们多赚钱，我又肥不了，和你们比起来，我的心实在太好了……"

马场说现在连当番的三个，已经有十个了，不愿再叫小姐。小姐纷纷走出去，有人一走到门口，咕哝着说："我就知道不会再叫，还要我们留下来现世[8]……"因为她们是一边走一边讲，所以后半句也听不清楚。但是在里面帮忙的阿秀，马上放下工作追出去，站在门口叫："破货！烂货！"

他们问我阿秀在叫什么？我怎么能把话翻出来。我只好说："她叫她们叫厨房快上菜。"

"我还以为吵架呐！还是我们日本话最好听。尤其是女人说日本话，嗨，最美妙啦！"落合说得很得意。

"那倒是真的，很多外国人都有这种感觉。黄君不觉得吗？"佐佐木说着，其他的日本人，表示同感频频点头。

纵使有个自知之明的日本人，来到曾经是他们的殖

---

[8] 现世：闽南方言，形容丢人现眼。

民地的台湾，而想时时刻刻抑制本身的优越感外露，恐怕也很难。何况马场他们这等之辈，来到这里，为所欲为，用钱达到目的，嫖我们的女同胞，还讲话损我们的语言，我尽量使自己温和地说：

"是啊，你们日本话和你们的包装设计一样，看起来好看。可是你们日本话说起来觉得好听，做起来就不是那么回事儿。"

跟着菜一上来，话题也引开，小姐一个挨一个男的坐下来，开始替客人倒酒搛菜。

刚才站最外面那一位脸上有一片印记的小姐，坐在我身边很殷勤服务。我想我对她必须负某种良心上的责任。因为我看到她对我这般亲切的态度，是她在最自卑的时候，我向她说"我要你，请进来"而感动了她的吧。说实在话，在极度仇视日本人的心理之下，为了生活不得不为他们干拉皮条，找几个女同胞让他们嫖，这情形在我心里造成了极大的矛盾。要不是我有小丑那一套"内外融而不为一"的功夫，我相信我承受不了这种交战的痛苦。在这种情况，怎么会对女人动心呢？我心里暗暗叫屈，晚上不叫她似乎说不过去啦。她虽然是个妓女，由我的举动使对方动了感情，如果让她失望，即使一个晚上的时间，我也算是玩弄她的心。我回过头看看她。她羞怯地看我一下，很快地又把脸避开，这好像成为她自卑的反应。看她还是那么单纯，有点不忍心叫她空欢喜一场。好吧，晚上再说。我对自己这么说。

方才在这些小姐还没进来之前，我替小文、英英、阿玉她们三个跟他们的交谈翻译，已经烦得要死，现在又增加了七八个小姐，说有多烦就有多烦。我突然心生一计，开临时补习班，教日本人中文，教小姐日文。但是只教他们"好""不好""是""不是"这四句话，并且他们都可以同时学习。我的意见一提出，大家都表示赞同。三四分钟的时间，大家都学会了。他们都觉得很好玩，每个人嘴巴都不停地反复着念"好""不好""是""不是"，吵得我想再说几句话都不容易。我站起来击掌叫住了大家，我说：

"现在好了，大家都会说了，从现在开始，你们就用这句话比手画脚去交谈，拜托拜托，千万不要再烦我。"

这一下可热闹，本来不怎么想说话的人，也都想试试，结果不管通不通，反而变成喝酒作乐的游戏，笑声此起彼落！连我自己笑得肚皮都痛起来。有一个小姐，就坐在我的另一边,她向落合说:"你是狗养的。"

"好,好。"落合猛点头还高兴呐。害这位叫美美的小姐笑得身体往这边倒过来。落合问我她刚说了什么?我说你不是说好吗?他说他猜美美说的话一定很有趣。

"是很有趣。她说你长得胖了一点,但是很可爱。"我回答落合说。

落合高兴地握着美美的手:"真的吗?嘻嘻嘻,你也很可爱。"诸如此类的笑话闹了很多。不一下子,大家都互相怀疑对方在作弄,所以变成每一句话都要我翻出来听听。

我笑着对日本人说:"喂!朋友,也把我当成人好不好,我总不能坐在这里干看你们乐啊。"说完我故意搂一下阿珍,就是脸上有印记的小姐,然后端起酒杯,"我干这一杯表示向诸位致歉。"说完就把酒干了。

"那我们不就糟了吗?"马场笑着说。

"怎么会?你们'千人斩'不是一直靠剑行天下?"我说。

"黄君,你是我们所遇到本省人当中,最厉害的一个。真搞不过。"

"你们过奖了。"我又抓起杯子,"喏,这一杯表示我对你们给我的夸奖致谢。"我干了杯子。

从我到飞机场接他们到现在,我可以感觉得到,他们对我的态度,或是在我面前对我的言行,有了很大的变化。至少这个时候,在我面前他们是不会有什么优越感可以展露,甚至于马场对我都有几分怯怕。

旁观他们这种酒宴,他们不但不会为语言的隔阂所困扰,反而增加了另一种情趣,还有异国情调,使他们感到飘飘然的样子。也因为如此,他们心里也痒得快。马场眯着眼抱着秋香向我说:"黄君,这下不能不烦你了。你知道她们的价钱吗?"

我问阿珍,她支吾难以启口似的,后来坐在田中旁边的白梅,被推出来说话。她问我说:"你们是要休憩一下,或是停泊?"其实她们不懂得休憩和停泊的日语字义,但是这从台湾被日本占领时期就一直沿用下来,在这样的圈子里,用日语说休憩,就是代表睡一下,说停泊就是代表陪宿。

"停泊多少?"

"是这样的啦,要是我们自己人,算两百……"然后她看看日本人,小心地说,"他们真的听不懂我们的话吗?"

"不会听,你尽管大声说好啦。"

但是她还是小声地说:"要是日本人就要四百元。"

"这样好啦,"我大声地说,"停泊算一千块。"

"呀!你怎么这么大声说!"有一位小姐叫起来,其他的小姐跟着笑了起来。

"那我们要给你抽多少?"白梅问。

"不要!"我说。

"那怎么可以?"有好几个小姐几乎同时说。

"没关系。"接着我换日语对他们说,"陪宿要一千元。真划得来啊!你们拿升值的日币!方便又经济。"

"好吧,就决定吧。"马场向会员们斜着点个头,表示问他们的意见,同时又代表了他们做了决定。

"马场君,我们说要到花莲的事,你还没请黄君给我们办吧。"

"啊!我差一点就忘了。"马场拍了一下额头,然后对我说,"黄君,还得麻烦你。听说花莲那里可以找到山胞的小姐……"

"我不大清楚。"我故意这么说。

"真的不知道吗？嘿嘿嘿……"落合指着我怀疑地对我笑。

"那不管。黄君，我们这一次预定来台湾玩一个星期，花莲也是我们目的地之一。你现在就替我们挂个长途电话回公司，请公司的人先替我们买八张飞机票，明天中午的。"

"不是七张吗？"我问。

"还有一张是你的。"

"我明天恐怕有事。"

"你不想跟我们一起吗？"

"不。恐怕有事。没关系，如果我不能去，公司还有人会陪你们的。好。我去挂电话。"我说了就走。

"麻烦你了。"

当我打完长途电话回来，大部分小姐都走开了，只剩下英英和小文在整理桌子。

"怎么了，她们呢？"我问。

"让她们走开一下，我们需要准备一下啊。"落合神秘地对我笑着说，"黄君，你也得准备啊。"

"我也要准备？"说完了，我也差不多知道他们的意思。我笑着,落合还有他们也都陪我笑笑。

"电话怎么了?"

"明天十二点半的飞机。我们明天上午九点三十一分的火车走。"

"嗯!没问题。"马场看看大家,"就这么办吧。"

落合从袋子里取出一只金盒子,样子像口红,比口红的盒子大一点。"你看过这个吗?"

我接过来打开看,他们都在旁边笑。我说:"这是喷雾香水嘛。"我的大拇指放在那按键上。

"哟!"落合叫,"按不得,按不得呀!"他们都笑起来。

"到底这是什么玩意儿呢?"我真的不知道。

"你没听说过印度神油吗?"

"没有。"

英英和小文以为是什么化妆品,她们放下工作也靠近来看。小文问:"那是什么?"

"呀!不要让她们知道。"落合从我的手拿回金盒子,但是他大概想到说了她们也听不懂,于是变成反而有意在她们面前说,想增加这种场面的某种效果。他说:"在我们办事前一个小时,将这种玩意儿往龟头喷一下子,只能一下子。嗨!其妙无比,其乐也无穷啊!"他奸猾地望着小姐笑:"知道?"

小文伸手想拿过来看,我把它接了过来,我向她们说:"这是腰酸背痛的外用药,你们快把桌子整理好。"小姐有点失望地走开。

"黄君,你可以试试看。"马场说。

"我不想试。"我把药还给落合,心里有一股莫名的愤怒。

"黄君还年纪轻,不像我们,他可以不必用。"

到此,酒席散了,大家回到自己的套房,大概他们正做着所谓的准备工作。我回到我的房间,躺在床上,想我目前的立场。想来想去,还是在那儿绕圈子绕个没能完。后来我想到阿珍那个有印记的小姐,我深信今晚叫她,她一定温顺,会对我特别好。想到此,心痒起来了。但是又想到跟日本人一起干这种事,想了就生气。不叫她呢?看她那既自卑又单纯的人,她一定以为我晚上要她了。如果没叫她,她一定会伤心吧。反而没赚到钱也不会这样难过。我想着想着:"晚上再说!"

正躺在床上苦恼着的时候,马场敲了门就进来了。

"黄君，对不起，打扰了你。"不管怎样他们总是很客气而有礼。但是我觉得讨厌。

如果客气和有礼，到后来变习惯而不经心的话，那是多么表面啊！他的脸上笑眯眯地说："我们可以叫小姐了吧！"

"你们现在就……"我坐起身来。

马场点点头望着我。我看着表。我说："才六点多一点呐！"

大概是由于我的大惊小怪，使他显得有点不好意思，他还是笑着说："是太早了一点，是因为准备好了。"

"你是说你们喷了印度神油了？"我笑着问，但是心里很不高兴。

他点了点头说："还有别的。因为那都是有时间性的药物……"刚才的笑容，一时变得惨淡。

"那对你们的身体没关系吗？"我虚情假意，表示对他的关切。

"当然，用多了是不好的。但是你想想看，我们都是五十多岁的老人了，说想'千人斩'谈何容易。"话才说完，脸上一丝淡抹的笑容也收了尾。

我站起来，拍了一下他的肩膀说："好，我去。"

"我回到我的房间去。"他又开始像原先那样的笑容。但是我知道，他们这些笑容，就像都是靠印度神油和其他药物支撑起来的。

我心里很不情愿地走出房门。如果我的后面真的有一个人，强迫我推我的话，我才不管推我的手臂是多么粗壮，我一定会回过头反抗一下，即使被打死也在所不惜。可是我回过头来，真的就那么恍惚间，回过头来，什么都没看见。无意间受到长长冷静如死的走廊吓了一跳，在这瞬间，有如从遥远而陌生的地方，骤然回到现实。我是这般地不情愿，然而却无可奈何地走下楼梯，就在梯口的柜台地方，我遇见刚才的服务生阿秀。

"黄样！"她用日语的称呼叫我，"有什么事吗？"

我之所以支吾了一下说不出话来的原因是，我突然意识到，我不能避免直截了当地说要小姐现在马上去跟日本人睡觉。刚才虽然替他们跟小姐谈夜渡资的价钱，但是因为我替她们争到一倍的价钱，也不觉得自己是在干什么！反而有一点民族意识的觉醒，像是为同胞效劳的错觉。不管这种行为与感觉的发生是否正确，当时却有一股击败敌人的兴奋。现在不是。现在面对阿秀，一下子叫自己切身而清楚地知道，即将开口的话，就是道地道地拉皮条。我表示气愤地说："那几个日本人，说现在就要小姐到他们的房间去。"

"噢！现在？现在不行。现在才几点钟？"她抬头看看墙上的挂钟，看看柜台的小姐，"现在才六点钟怎么可以？人家小姐又不能只做他们的生意！"

"就是说嘛，但是……"我没说完。

阿秀又说："我们也不想占便宜，照一般的规矩，普通停泊都是从晚上十二点才开始。"

"没有的事，没有这么早就要小姐跟他停泊。"柜台小姐也说话了。

"对！我知道了。"我说。

"这样子好了，我们叫小姐提早半个小时去，就是十一点半去，好不好？"

"当然可以。但是……"我停了一下，"麻烦你现在跟我到楼上去一趟，由你当面告诉他们好了。你就照规矩跟他们说。"

"你要替我翻译啊。"

阿秀跟我上楼，一边走一边告诉我说："我们的小姐说你做人很好。"停了一下,"你是不是我们礁溪人?"

我吓了一跳:"谁说的?"

"你家就在庙旁。你是炎龙伯的大儿子,还说不是!"她笑起来了。

"你怎么知道?"

"我们店里面,老一点的人都认识你呐。"

"糟糕!"

"这有什么关系。"她很轻松地又问,"你没教书以后就到台北吗?现在做什么大生意?很有发展吧?"

"没有。我在一家公司工作。"

"好几年了,玉梅还常常提起你,说你是最好的一位老师。"

我停了下来,惊慌地问:"玉梅是谁?"

"玉梅是我的大女儿,她五六年级的时候都是你教的啊。"

我想起来了,心里的某方面也轻松了一点:"呀!陈玉梅就是你的大女儿啊!现在呢?"

"现在在读兰阳女中高一。现在和以前完全不一样了,长得好高,比我还高呐。"

"陈太太！有件事拜托你，请你不要告诉陈玉梅我来这里。"我羞怯地说。

陈太太觉得很好笑。"不会啦。那有什么关系！"

"不，不，你随便说在哪里遇到我好了。"

"不会啦，我不会说啦，嘻嘻嘻……"

我们在楼上的楼梯口多谈了些之后，心里仍然有些沉重。不过比起被陈玉梅的妈妈认出我的时候，轻松了好多就是。

我带陈太太找马场，把她们的意思告诉他。

"是这样子啊！真讨厌的事。"马场说。

"很对不住，因为这里的规矩就是这样。"陈太太频频点头表示致歉。

"能不能这样，我们加一点钱，要她们现在就来？"

"当然，这样是可以的，但是再加钱你们划不来嘛！"

我问她如果现在要小姐来，每个人需要加多少？

"至少也要两百。"

"说五百好了。反正日本人有钱，差不了几百块。"

我告诉马场之后,马场说:"既然是这样,有什么办法。我来问问他们好了。"

马场一个一个去敲门,把他们叫出走廊,大家都在那儿聚会起来。最后终于决定,马场代表他们说:"只好这样了,黄君,叫她们马上就来。"事情牵涉到利害关系的时候,一向给我印象认为待人客气的马场,现在也变得只不过如此罢了。

没一下子,除了竹内要的秀秀以外,他们要的小姐都到了他们的房间去了。我和陈太太带着满脸不高兴的竹内,到楼下后面的小姐休息室,去挑选一个他喜欢的。弄了半天,勉为其难地挑了一个叫玫君。从刚才听陈太太说旅社里大半的人都认识我以后,我的行动好像一下子被限得很紧,另方面还动不动就担心,刚才是不是在老乡的面前,有什么言行越轨的事?碰到这个竹内,挑小姐把人当着什么东西似的,又弄了一大段时间,照理说,我应该出面替小姐她们做点什么的,但看到竹内满脸懊恼,我只好僵在一边,窘得都快窘死了。

竹内带走玫君之后,陈太太尾随在我身后说:"黄样,你呢?"

其实她完全是好意地对我笑,即使我在这里要个小姐陪陪，在这里环境工作的她，也不会认为有什么不该。但是我却觉得她的笑，使我难以忍受。我知道她的意思。

"不！我不想要。"

"不必太老实啦，吃亏的啊十个九个是老实人。"

嗨！我心里暗地里笑。我是老实人，天晓得。我还是说："不必了，这和老实不老实没关系。"

她笑了笑，也没接下去说什么，仍旧尾随我上楼。我自然地觉得有点怪。我是希望她说下去，然后趁机会，跟她请教怎么处理有印记的阿珍小姐。

"陈太太……"我停在楼梯拐角的地方，"阿珍一定以为我晚上要她，其实我……"

"没关系啦，我替你找一个好的给你。"

她显然误会了我的意思。对，我不是圣人。但是我完全被自相矛盾的复杂心理，搞得拿不定主意。

"不。我想给她五百，叫她今晚不必到我房间来。"

"那不必要，我告诉她就好了。"

"我，我是事先跟她约好的。"我只好这么说。如果我说怕伤阿珍的自尊心，引她自卑这类话的话，陈太太可能会笑我。我这样想，同时我心里面，也很怕见到阿珍。我掏出五百元交给她。

"这样也不必给那么多嘛，一百块就不少了。"她留了一张退四张给我。

我拿回三张退一张给她说："这样好了，给她两百吧。"

"哇哈！夏荷⑨全赚的。"她笑着接下钱。

我回到自己的房间，躺在床上，眼巴巴地望着天花板，面对滞留在房间里面的时间，不知做什么好，还这么早怎么能睡得着？

好久没回家了。该回去看看。

但是父亲问我几时回来？回家做什么事？我如果照实说我带几个日本人到礁溪玩的话；嗨！不用试，我只有自讨没趣。当时我不继承他的代书业，辞了教员的工作，已经闹得不可收拾了。要是让他知道我到台北工作，原来是干带日本人到温泉玩的事，怎么对他说也说不清，跳到黄河也洗不净。不要再想下去。不回去就是啦！

---

⑨ 夏荷：阿珍的本名。

不回家！可以到别地方走动。

还不是一样？遇到朋友，一样会问我回来做什么？并且很可能会让老夫子知道，这样反而更糟。回到礁溪不回家，他会像前年那么大叫着说："夏禹治水，才三过家门不入。你！你算什么东西！"但是这次再让他这样叫的话，恐怕会气死。不能。就躺着吧。

翻个身转个角度，我看到挂在壁上的一张洋妞的裸体照；她跨坐一张翻过来的椅子，双手放在椅背下，下巴就托在那里，像在等的作态。看了它，整个思路的方向马上被扭转到这方面来。我想那几个日本人，正是天昏地暗的时候。那印度神油的效果到底是怎么样呢？刚才要不是认识玉梅的妈妈，说不定阿珍已经是在身边吧。男人经常说，丑女九风骚，像她有那么大的自卑，我又表示对她好，我深信她一定会对我很好的。现在她不知道在做什么？但是，不管欲念怎么冲昏了头，还是有清醒的部分。这份清醒，使我不敢面对自己。越不敢面对自己，又逃脱不掉，所以内心里面的焦灼，痛苦得叫我猛跳起来。我点了一支烟，在房子里面踱步。突然发现电话，伸手就把电话拿起来。当柜台的小姐回话说："柜台。请指教。"

"对不起，不用了。"我把话机放下。但是我马上觉得，这样子未免太不正常了，让柜台小姐跟别人谈起来的话，尤其跟玉梅的妈妈谈起来，不单会引起许多想象的情况，甚至于连我在房子里面的心中事，都会被洞察出来。唉！这又是一窘。我想或许离开这所小房间会好一点。

到楼下，跟柜台小姐道个歉，我就在餐厅，找个小台子，叫了一点东西和啤酒，自个儿想着，想怎么回去跟太太撒个谎，以免发生瓜田李下之嫌。就这样，有些是自己想象的，和不是自己想象的，都一并在这一段时间里交替发生。于是乎，我像一位孤独的长跑者，一路受身体和精神的折磨，慢慢地，终于跑到泥醉与空白的终点。

日本最长的一日

第二天早上，我睁开眼睛时，看到阿秀和马场他们都围在我的床边，并且在模模糊糊中，被他们焦虑的脸色和声音"黄君,没有怎么样吧!"吓醒过来,我一骨碌坐了起来。

"发生什么事了?"我问。

"吓了我们一跳。我们以为你病了。"

"没有。我很好呀!"说着,我就坐着打了几下空拳,"呐!没事吧。"

他们都笑了。接着我听陈太太说,我才知道,他们来敲了几次门我都没醒来,甚至用电话铃也没叫醒我,最后才请她带万能锁来开。

"时间不早了!你不是说九点多的火车吗?"马场问。

"陈太太,车票给我们买了吗?"我问。

"买了,九点三十一分的车,票等一下给你。"

"九时三十一分的?"我看了一下表,"没有问题。还有一个小时的时间,火车站就在我们后面,离这里很近。"然后我改用本地话跟陈太太说:"请你给我们结账,小姐的钱他们给了吗?"

"给了。"

另外我拿了两百元,给了她做小费。

"呀!向黄老师拿小费,真不好意思。谢谢啦。"

说了她就走出去。

"黄君,昨晚痛快吧。"

"嗯!很痛快!"因为这种事,说没做,不会令人相信。如果让他们相信,反而会被讥笑,甚至于觉得没有面子,所以这么肯定地回答。

"怪不得,你累得爬不起来。那一定很痛快,彻底的痛快啦!"马场以羡慕的眼光看着我。

我笑了笑。得意的是这些笨蛋这么容易骗。

"你们呢?"我问。

"不错!"

"我才不痛快呐!"

一个真的很不愉快的声音,从背后的窗户那边传来。这句话令他们发出哗然大笑,我却受到惊吓。原来是竹内,他一个人面向窗外,连头都不回。

"怎么一回事,竹内君。"我问。

"说了没关系?"马场问。

竹内回头露出苦笑。马场就笑着说:"我们千人斩俱乐部成立几年来,发现了一件事实,但是在一般人,或是你听来,总觉得是迷信。那就是,每次我们里面的人,碰到白皮、白板……"停下来笑笑,"就是碰到阴部没有毛的女人，都会倒霉。"

"有这样的事？"

"去年我在香港碰到一个，结果我丢了一千元美金。落合碰到了一个，接着工厂着火。佐佐木是车祸，住院住了两个月。还有……"

"不要说了！"竹内说。

"不要说了。这都是巧合。你们不该有这样的迷信，对不对？"我说。

我在说话的时候，我就看到落合在翻他的小包包。他很愉快地拿出一本红色天鹅绒布面的小备忘册子，然后走到我面前，在我眼前将小册子翻了一下说："喏！你看这个。"

我接过来一看，在我了解到内容的瞬间，心里有点惊叹。随后我心里就暗地咒诅起来，原来这本小册子是他们拿来做'千人斩'的备忘纪录；每一页上面都写明了地点日期，小姐的名字、体形、现场的感觉和情况，还有评语。底下半页空白是留下来用透明胶纸，贴牢一根小姐的阴毛。

"知道了吧。"落合笑着说，"竹内君今天这一页的纪录就……"

"好了，好了，你得意。"竹内叫着。

想不出这有什么值得这般生气。可能和他们千人斩俱乐部有什么关系。

后来我才知道他们每个人都有这样的小册子，并且都要做一些经验交谈，或是有了什么发现，大家再做实验。

他们上了火车，就开始不拘形式地，交谈昨晚的经验。

"喂！"我打了他们的岔，"你们要知道，在台湾日语说得比我好的人，到处都是，说不定就在我们身边呐。"

"我们并不谈政治啊！"马场说。

"我知道你们不谈政治，但是我们中国人不习惯在公共场合大谈性经，也以在公共场合听到这类话为羞耻。"我知道我的话有点火药味。管他的，火药味就火药味吧，再闷下去也不是滋味。我还是对他们笑笑。

他们愣了一下。马场笑着说："黄君，你没有生气吧？"

我只好笑着说："什么话！如果我生气，我就不说了。说不定有人听不惯，会揍你们。"

他们心里多少有点害怕的样子，每一个人都看看周围的人，然后集中望我。佐佐木小声地说："会这样的啊！"

"在我们日本都不必顾忌这个。"落合说。

"但是，日本是日本，这里不是日本啊！"我说。

"那当然。"马场说，"不过我不同意落合君的话，我们也……"马场很显然是为了国家的体面这么说，但是马上又意识到这么说还是有毛病，而有点停顿。

落合接着不高兴地说："马场君，你又何必呢？"

我针对马场的话，采取攻击。我没忘掉脸上的笑容："马场君，不管怎么，如果你在日本觉得不好意思，或是因为有损什么而不敢做的事，也不应在别的地方做啊！至少这件事是这样。对不对？"

"不！不，黄君，我没说清楚，我的意思是……"

"喂！可以了，可以了。马场君，我们只代表我们自己好不好，谁叫你代表日本来着。"田中望着我，"黄君，请你不要认真吧。嘿嘿……"

我也笑起来了。"田中君！谁在认真呢？但是你这么说，好像不能不认真啦。再说，你既然是日本人，某种场合，或是某些情形，你是不能不代表日本。不过，我还是赞成你的话。能自己代表自己就好了。"

"看！我开始就说，黄君是我们所遇见的本省人当中，最厉害的一个对不对？"马场说。

"算了，算了，我们轻松一点好不好？"我说。

"现在轻松不起来了：黄君，你真是。整个场面弄得紧张也是你，要我们轻松也是你。"

"不是这样吧。好吧，你们爱怎么就怎么啦。"我又补充了一句，"你不必考虑我，万一有什么事，我还不是站在各位这边。"

"那我们就安心啰！"马场说。

但是，经过我这么警告之后，他们似乎变得没什么话说，每一个人木讷地坐在那儿，我猜不透他们在想什么。当火车到顶双溪，落合才问我说："还多久到台北？"

"一个小时。"

"还那么远吗？"

"嗯！"

火车上有一个年轻人，大概从头城上来的，他一直站在我们的旁边。我也注意到，一开始他就很注意我们在讲话。我之所以会警告他们不要在车里大谈性经,一方面是觉得他们太嚣张,一方面我也是发觉这个身边的年轻人,一直在注意他们的谈话。当我看他的时候,我们的目光有了接触,他马上笑着脸跟我点头,我也回给他点头。

"先生,请问一下,你是中国人吗?"

"是,我是中国人。"

"看你这么年轻就说一口流利的日本话,真不敢相信。"

"哪里。只是胡扯而已。"

"我姓陈,是台湾大学中文系四年级学生。毕业后我父亲准备替我想办法,把我弄到日本去深造。所以我烦你替我向他们这几个日本人,请教几个问题好吗?"

我还在考虑这样是否会冒失一点的时候,他马上又问:"他们在日本是做什么的?"

这个年轻人,如果我照他的意思去请教他们,说不定他们会笑我们的年轻人,这么冒昧。再说读中国文学的人,还想离开中国,跑到异邦的地方去研究,这不是本末颠倒吗?然后灵机一动,我为何不借这个机会刺刺日本人,同时也训练我们的小老弟。我心里突然觉得很好笑，差一点笑了出来。不管是怎么严肃，这到底是一件恶作剧。

我告诉这位年轻人说，他们是日本的大学教授考察团。

"噢！那正好！"年轻人很高兴，"那就请你帮个忙吧。"

他们几个虽然听不懂我们的话，但是很注意我们的表情，尤其是年轻人在说话的时候，更是聚精会神地望着。

我转向他们的时候，年轻人向他们点了点头，他们也很客气而小心地回礼。我说："他是这里大学四年级的学生，是学历史的。因为他正在写有关十四年抗战的论文，所以很想跟日本人谈谈。"

他们都愣了一下。他们私下说："我们都是生意人。这个我们不懂啊。"

"没有关系。还不知道他要问什么嘛。"我转向学生说："他们很欢迎，只是怕他们的回答不能令你满意。并且你还没问他们，他们已经有问题想先问你了。他们问你，为什么中国人研究中国文学，竟然想到日本去学呢？"

"据说日本有很多中国的原版书。"他很理直气壮地说。

我当时听了这句话，心里很不舒服，想马上回他几句。还好我忍了一下，假装替他回答日本人。

"请问，你们是不是大正六年左右出生的？就是一九一六年的时候。"我问日本人。

他们吓了一跳的样子，互相望了望。以为年轻人怎么猜得这么准，并且像是要调查什么的。其实我为他们办住宿登记的时候，都已经知道了。

"做什么啊？问这个。"马场有点不高兴的表情，"黄君，这和他写论文不会有什么关系嘛。并且这是属于我们私人的秘密啊。"

乘学生看到马场不悦的表情，我马上告诉年轻人说："马场教授对你的回答，表示十分失望，并且有点生气。他说要研究学问，原版本和什么版本无关才对，比如说拿《史记》的原版本和其他版本来研究《史记》，是不是研究原版本的就会深入？"

"但是研究时候的情绪和感觉就会不同。还有……"他想再说下去。

"你等一等，你说太多我就翻译不来。我先翻你前面这一句吧。"我转向日本人：

"他说他也觉得很抱歉。提出这样的问题，只是想了解一下时代背景而已。如果你们不想回答，他也不会怪。"我回到我自己本位对日本人说："到底是不是？告诉他有什么关系。"

"原来是这样。是的，我们七个都是大正七年生的。我们是同乡，是国民学校和中学的同学。"马场说着，其他的人眼睛瞪得大大地望着我跟学生说。

"很多人研究中国文学，以为是在研究中国的文字，其实值得研究的是中国的社会，和中国各大思想家的思想。他说你想到日本去研究中国文学，只是托词吧？"

年轻人不好意思地笑着说："不，不是托词，真的想到日本读书，不过这位教授的话，很值得让我参考，请问一下，这位日本人是不是汉学教授？"

"不是。他是日本文学教授，不过研究日本文学的人，对汉学都有相当的根底。"我心里有点慌，我希望我不要忘记再问日本人什么，到时候弄得牛头不对马嘴就糟糕了。

"我爸爸一直告诉我日本不错，所以我也很想到日本。"

马场他们好像等着这边的话,他们望着我。我转向他们说:"他说你们的年龄,正好被征召入伍,参加侵华战争是不是?"我看到落合苍白的脸,一下子变得拘谨的马场,我笑着说:"这个家伙可真伤感情。不过也没什么吧。落合君,你好像对这件事较为敏感,怎么了?"

"没怎么啊。"停了一下,好像勾起他想到什么似的,"那时候,除了残废,所有的年轻人都被征召入伍,当然我们也不能例外。"

"一场战争,并不是一个普通的老百姓可以引起的。不管你们把那场战争叫作侵华战争也罢,那是当时日本帝国政府发动的,我,我们只有听任摆布的份儿。"马场看一看自己人,"对不对?"

"现在听起来,你们好像对这场战争从骨子里就反对。但是,那是现在。以前呢?你们不是高唱着代天行道打倒不义,边唱边踏上中国大陆的吗?还说是一场圣战。"我必要地笑着说,"要是我和你们一样,我也是一样。"

他们突然感到松懈了一下,大家也都笑了起来。

我继续问道:"那么你们都到过中国大陆了?当兵的时候。"

"除了竹内君,我们都到过。"

"我突然也对这个问题发生兴趣。其实是这位学生的问题呐。"我笑着说。然后看着学生告诉他说:"他们几个教授说,希望你能原谅他们说话不客气的地方,因为他们对你的想法有所批评。"

"不会的。我应该谢谢他们才对。"学生回答。

"他说你爸爸认为日本好,那还有一点情有可原的地方,因为他们的年龄,正好受到当时日本的愚民教育。但是看你的年龄不该有这种想法才对。"

"是我爸爸这么说的……"

"你等我说完嘛。马场教授还说,假定日本是好的,美国是好的,或是哪一个地方是好的,那么你就想到好的地方享受,甚至于去逃避现实;试问你:假定日本是好的,那么你过去曾经替日本付出了什么?没有的话,就不用想去坐享其成。"我笑了笑,"不过教授说,说是这么说,如果你真想到日本去的话,他表示很欢迎。"

"我不是去享受啊!我是去读书啊!"

"读书当然可以，这是你个人的问题。教授的话也不是针对你怎么做批评。他大概对时下的年轻人，对现实不满，一味想往想象中较好的国家跑。他是说这种人。你是不是这种人，只有你才知道。"

"他说得很对，我很钦佩他。他们来考察多少天呢？要是他们能到我们学校演讲就好了。"

我们的年轻学生竟是这样。这些话只是普普通通见识罢了。换了他是外国人讲的就受到敬佩。嗯！远来的和尚会念经。我想着。不过我心里暗地里觉得好笑，但又觉得紧张。本想做点恶作剧，哪想到我竟采取两边攻打。我知道我懂得并不多，如果再说下去，可能会发生纰漏。心里是想该刹车了。怎么刹呢？没有办法，只有等年轻人在中途下车了。

不过说也奇怪，我没想到我有一点历史知识，跟日本人算起账来，居然叫高傲优越的这几个，只有频频点头认账的份。

"刚才这位学生已经表明了。我想是可以相信的。"

"我是希望不以我们几个人的看法，就在他的论文里，对日本下评语。"

我听了佐佐木的话，心里很高兴，我眼看着，他们昨夜买来的欢乐，恐怕剩下无几了。我还不想罢休，我想让他们这种欢乐变成他们的痛苦，即使是暂时性的也好。我说："我想不会的，以一概全是做学问的禁忌。我相信这位大学生懂这个。"

"我也这样想。"佐佐木接着说，"战后不久，日本有了电视，从那时开始的吧，我们看到过去，我们参与的战争的纪录片……"

"有没有打中国的部分？"

"有！不但有，很多很多。"他向朋友看一看，"对不对？我们从那里才清楚地看到，我们到底干了什么事。"

我装糊涂，我说："怎么看了纪录片就会看清楚你们干了什么事呢？"

"噢！"落合除了苍白，还显得不舒服的样子，至于其他人，虽然分散目光各看各的，但是他们的注意焦点，还是没离我们的谈话。佐佐木似乎很痛苦地叫了一声："我们看到南京大屠杀的场面，看到黄浦江的浮尸，看到大轰炸，看到……"

"佐佐木君！可以了！"马场摇着头，"可以了，可以了。"

我想也可以了。他们是当事人,如果真的看到那些残害中国的铁证的纪录片,不用我再深究,只要我这么一提醒,凡是有点人性,有点良心的人,就够他们受的了。现在看到他们内心疚痛的表情,也正是这种作用的发作。但是对他们这种痛苦的表情,我将编什么话来套呢?在旁的小老弟,似乎急着想知道。

就这样子,我作弄着两边,也过了一段时间。

"小老弟,请你不要生气。"

"我不会。"

"他们刚才问你,你说没到过'故宫博物院',他们觉得很震惊,也因而对你又一次感到失望。你说你是中国的大学生,学的又是中国文学,人又住在台北,为什么不抽一点时间,去看看呢?"我看到陈姓的年轻人,还蛮吃这一套,稍做低头表示惭愧。"他说他们这次来台湾没有几天时间,但是他们已经到'故宫'去了两趟。他说,他一直很沉痛地在想,为什么能产生'故宫'里面那样的文物的优秀民族,近世纪来竟枯萎得这么厉害?"

"黄先生,我觉得太惭愧了。"

"不过，你也太老实了。遇到像这么关心中国的外国人，你应该骗他说你到过'故宫'。如果你这么说了，觉得不好意思的话，以后再跑去'故宫'看看不就得了。没关系，今天这样还不算很丢脸，至少还诚实。有关日本，你不是想问他们吗？一开始就被他们问得你都没机会问他们。"

"本来有些问题的，现在听了这些话，反而那些问题都变得不重要了。我觉得我今天很幸运，收获太大了。"

"其实，像他们今天对你说的话，在我们这里也是常听到。怪就怪在这里，一样的话，自己人说了等于放屁，外国人说了就一言九鼎。你说是不是？"

"不过我是没听说过。真的。"

"是，我知道。我是说很多这样的情形。"

我看看这几个日本人，差不多都像坐在那儿等法官宣判似的。当我又转向他们的时候，他们都略微改了一下姿势，注意我说话。

"请各位原谅这位冒失的年轻人……"我还没说完。

"哪里的话，我们钦佩都来不及。"

"这种年龄比较浪漫,爱起国来也比较强烈。我已经叫他不要再追问什么,事情都成为历史了。今天你们纯粹是来玩的,所以多谈了这类往事,只令你们扫兴。"我停了一下,"但是年轻人说,你们日本人放弃枪杆,却改用杀人不见血的经济侵略。我说,话可不能这么说,他说是经济侵略,在某方面来说……"

"黄君,可以了,可以了。"马场又摇着头说。

佐佐木沉痛地说:"黄君,对不起。"

"哪里的话。"我笑着说。

"我们都觉得很对不起。请你告诉这位年轻人,我们很钦佩他。如果战后的日本青年,有一半像他的话,我想日本就会有希望了。"

佐佐木一开始我就觉得他比较感伤。这次使他们掉进过去的回忆而痛苦的情形,也是他开始渲染给他们的。

火车在八堵停下来。年轻人打断我们的话说:"黄先生,我要在八堵下车,谢谢你,谢谢他们。"他很恭敬地向我向他们敬礼。害得这些日本人似乎受宠若惊,赶忙站起来回礼。

"他在这里下车了。"我说。

"莎哟娜啦!"没想到小老弟还会这么一句日本

话。这是他们这一次唯一不透过我,而真正交流沟通的话。

"再见!"我也没想到这些日本人也会这么一句中国话。他们很庄重地一一握手道别。

"莎哟娜啦。"

"再见。"

年轻人走了。他们坐了下来。

佐佐木感叹着说:"有为的中国青年啊!"

我笑着说:"我也是吧!"

这时候他们才有一点笑容。"当然!你是的。"

哇!天晓得。我心里觉得很好笑。

"告诉你没有错吧,在我们这里的公共场合讲话要小心。刚才那位年轻人要是听懂日语,事情就不是这样了。"

"黄君,不要提了。"马场说。

他们懒懒地躺在靠背上。落合问我:"黄君,还有多久到?"

"三十分钟。"

"还有三十分钟?"落合这一叫,那种声调,好像这半个小时是一段长得不容易挨过的时间。

刊于一九七三年八月《文学季刊》第一期

锣

憨钦仔不打锣已经有很久了。
大概有八九个月,
或许一年都有吧。
他已记不清了。

楔　子

　　憨钦仔不打锣已经有很久了。大概有八九个月，或许一年都有吧。他已记不清了。

　　总而言之，有好久好久就是了。憨钦仔偶尔想起来，满肚子里就充气，好好的一门孤行独市①的打锣的差事，竟没有人再来找他。当时，发现这件事实的时候，事情已经落到无法挽回的地步。那一面一直使憨钦仔过着半生无忧无虑的生活的铜锣，却傻愣愣地像被什么大大地惊吓了一番，而像哑巴张着大嘴合不拢来。从此，他把锣翻过来放在竹眠床底下，做杂皿子来用。

　　小镇并不是从此就没有小孩迷失，许多间庙照样地在不同的时日要善男信女谢平安，公所仍旧有各种税收需要催缴，或者像打预防针种痘之类的事情。现在都

---

① 孤行独市：闽南方言，形容其独一无二，处于垄断地位。

改用一部装有扩大机的三轮车，由一个年轻人踏着沿街叫嚷。这叫憨钦仔看在眼里，倒不是完全由仇视而觉得碍眼，另外他直觉得有什么说不出的难受劲，在他的心头绞动。他想，这种不伦不类的东西摆在小镇的任何角落，总觉得不大对劲。它的出现，未免有失小镇的体统，实在是怪诞透顶了！

在憨钦仔用得着锣的时日，三日一小事，五日一大事。所以他在镇上的罗汉脚②辈里面，算是老米酒喝得最匀③的一个了。有时手头上稍微宽一点，兴致一到黄酒也干过。再说到憨钦仔的名字，小镇上的贵人就没有一个比他响亮。一提到"憨钦仔"三个字，不管识不识字，男女老幼没有一个不识他。但是提起镇长福通哥，再说得清楚些，老医生的孙子，老医生的孙子好像老医生的孙子，亦未必每一个人都知道。那一阵子，憨钦仔真是名利双收的了。

但是自从那辆装扩大机的三轮车，出来包揽了整个

---

② 罗汉脚：本指清朝时期台湾地区无宅无妻子、不士不农、不工不卖、不负载道路的台湾男性游民，后来常被引申为没有娶妻的中年男子。

③ 老米酒喝得最匀：形容其生活过得好。

镇上的宣传生意以后,蹲在南门棺材店对面的茄冬树下等待工作的罗汉脚,又多了憨钦仔一个。憨钦仔为了想在茄冬树下挤一席位子,曾经花费了一番心机,整盘的棋,每一步都是经过再三考虑后才落子的。不然的话,利已经不存而名也要荡尽。他想他不但要赢,还要顾全自己的面子。虽然知道死赖活赖地赖在那儿,赖久了仍然可以赖到一席茄冬树影子。但是我憨钦仔才不这样傻!我还要和人在社会立足呐!他知道一个人能和人出入社会是重要的。所以每次当他感到拥有一点社会的什么东西在他的身上时,不管他是多颓丧,总是令他的精神振奋一时。

活见鬼

那时,憨钦仔不打锣有好些时日。经济一旦没有来源,就算他一个人,最起码的生活也发生困难。酒可以不喝,饭总不能不吃啊!小镇的大街小巷,总共也不过十来条路,现在叫憨钦仔走起来,真正不挂心的实在没有几条。因为其他那些路上的杂货店，憨钦仔都多多少少赊欠了人家的烟酒钱。这样的日子，憨钦仔就像被夹在深而且长的夹缝中，丝毫动弹不得。他想了好些天，再怎么想也想不出比挤到棺材店对面的茄冬树影底下更实际的了。老是大清早就跑到阿里史的溪埔地去偷挖番薯，吃都吃腻，最近也因而胃动不动就噎酸出来，喉咙都给酸烧得沙哑。他想唯一的活命，就是到棺材店对面的茄冬树下了。自己的决定成为一道威严的命令，憨钦仔从竹床坐了起来。从防空洞入口侧射进来的阳光，顿时显得光亮而带着生机的希望。他凝望的片刻间，感到自己就要羽化，从那阳光中飞走似的。

走出小公园之前，他在喷水池那里洗了脸，然后将他已经想妥了的路线，重新再做了一次安全的检查。从公园出去，穿过姓蓝的菜园，那是一条很窄的暗路，这没问题。

到了大同医院绕过市场，但是要走新兴戏院后面的巷子。绝不能走打铁店这边。这里石头仔他们很可能出入，他们的店就在打铁店后头。这一段路憨钦仔做了一次修正，这没问题就该到北门。到车站。顺着圳沟走。不过穿过育英国民学校的运动场更加安全。到车站跨过轨道，走阿束社路，这已经是郊外了。在这样的地方要是再遇到他们，那是我憨钦仔该死。然后回头顺路走到十六分的佛祖庙，再跨过轨道回到西边，到苦楝树下米间折回来向南走。想到这里，他咋了咋舌。哇！这样的路打直走不就到了番邦了吗？他笑了笑。到南门绕这么大圈子，简直就是脱裤子放屁嘛！他猛力地抓着头皮，把嘴巴横地牵着那么歪斜。突然他觉得自己聪明起来了。他心里想：狡猾？狡猾就是聪明，聪明不就是狡猾？他愉快地拥抱着对自己的那一份尊敬，清脆地吐了一口痰，抬起头眯着眼找日头的位置。太阳有些偏斜了，同时觉得肚子极饿。他想这该是过中午的时分了吧？大概有两点多了。

小公园的北边有一个缺口，大部分人都叫它狗洞，但是爱打这儿经过的人都管它叫偏门，公园原来就有三处正式的出入口，而这个叫狗洞又叫偏门的缺口，是红瓦厝那里做豆腐卖的人家，为了抄近路到菜市场踏开的。除了大清早这些人走过之外，平时很少人打那地方走过。因为那里要经过姓蓝的菜园，穿过很窄的篱笆巷子，中途有两口很大的粪坑，而在荫盖着粪坑的大榕树上，姓蓝的人家有一个女人曾经吊死在那里，镇上的人一直都深信那个女鬼经常显露。憨钦仔一来到这缺口的地方,心里十分紧张。不知怎么,在憨钦仔的脑子里浮起小镇上从古昔就流传下来的一句谚语:"饿鬼是鬼王,饱鬼惊风动[4]。"他竟然变得勇敢起来了。他把这句谚语当着咒语,一边走一边反复地念着。当他走近粪坑的地方,他的眼睛马上被粪坑那边的几棵木瓜树吸引住了。其中的一棵木瓜树,结着三四个硕大的木瓜,而从蒂头的一端露着微黄。他想,这多可惜!他忘了念咒。他的头来回地探望四周。他站在粪坑的边缘,竖起脚后跟,伸手估量着和木瓜的最近距离。要是没有粪坑阻碍,只要随便抽一根篱笆就可以打下木瓜来。无奈这口大粪坑,他的视线停在篱笆那里,打一根已经掉落一端在地的横杆的主意。他走过去解开铁丝,心里还想打完了木瓜,这横杆还可让他烧火呐。两边篱笆的水锦[5]都有一个人高了,最低的一层还密密地长了美人蕉,这些生篱已经替代了原先的竹篱笆,所以竹篱笆的朽败,

---

[4] 饿鬼是鬼王,饱鬼惊风动:意思是说,饿死的鬼特别凶恶,会成为鬼王;饱死的鬼就软弱,连风动都会害怕。
[5] 水锦:一种植物,可入药,生于林下或溪边,常分布在中国南方地区。

都不见主人修补的痕迹。憨钦仔很快地把横杆上最后的一圈铁丝也给卸了。他高兴地双手握住横杆，正想拿它来打木瓜的时候，忽然觉得好像有人走过来。他赶紧将横杆丢进美人蕉丛，人跑到粪坑的边缘，一下子把裤子拉下就蹲在那儿，等着那个人的动静，但是等了些时再也没发觉到什么。他感到奇怪。明明听到有人走过来的，怎么不见了？不会是我先被他发觉，现在躲起来抓我吧？管他三七二十一，我再蹲一会儿再说。

反正说是在这里解便总不犯罪吧。他吃吃地笑起来了。这个木瓜再吃不到，就算五顿没吃了，还有什么可拉的？他又笑起来了。这一次他想到前几天到阿里史⑥去偷挖番薯的事。当他在番薯田里想下手的时候，被主人发觉了。那个人远远地嚷着跑过来，憨钦仔迅速地把裤子一拉，就从容不迫地蹲在那里不动。等那个人赶到十来步的地方，他就先破口大骂地说："怎么？你想跑过来吃屎吗？小偷怎么可以乱赖？等我拉干净不押你吃屎才怪。小偷乱赖，好歹不识，你把我看成什么货色？真失礼！"那个农家少年，站在那地方，歉意地还带

---

⑥ 阿里史：当地地名。

几分怀疑说:"你怎么跑到这地方来放屎?""怎么?送上来还不好吗?你们天没亮到街仔去拖都在拖咧!不是?"年轻人掉头默默地走了。憨钦仔却满载而归。想到此地,又专神地注意了一下,还是听不到有人走近来的声音。他想存心要抓他的人可能特别狡猾的。好吧,干脆再蹲一会儿吧。他又笑起来了。他自己想着玩说,要吃乡下佬还不简单?阿里史人种番薯都是要送人吃的。你偷番薯被抓了,你就说我是街仔[7]浮仓仔[8],咱们都是福禄[9]的啦。那主人就会客气地说:这些不好,家里有好的。接着顺便带你去挑一担不大紧,还请吃一顿饭呐!当然,你要是说是阿束社[10]西皮[11]的,当场就会被打死。"嗯—"他长长地叹了口气,自言自语地说:"才几年的事,就换了一个时代!"他感到不能再蹲下去了,一双腿实在酸麻得很。他站起来探望了一下,就怕看不清楚园子里到底有没有人。拨开几处水锦看看,还是不敢大意。这时他心生一计,不很大声地喊

---

⑦ 街仔:当地地名。

⑧ 浮仓仔:当地地名。

⑨ 福禄:当地地名。

⑩ 阿束社:当地地名。

⑪ 西皮:当地地名。

了两声:"有人偷摘木瓜唷!有人偷摘木瓜唷!"他想如果有人来问,就说有两三个小孩,现在已经跑掉了。他等了一些时候没得到反应,而知道就近确实没人。于是拿起美人蕉丛里的横杆,很快地打着木瓜。然而因肚子饿乏力的关系,始终抓不牢八九尺长的横杆,一直颤动不停。愈想打到目标,愈不容易打着,他的心又急又烦躁。他想有些事情做了还得加上一句咒骂才行。骂完使劲一拨,真的打着了。但眼看就到手的大木瓜,"扑刺"地一声闷响,掉落在干了一层壳的粪坑里,木瓜稳稳地往坑底一点一点地下沉,憨钦仔像与情人惜别,痴痴地目送着将要沉没的木瓜,咽了几口口水,慰藉此刻饥胀的绞痛。这个确实受憨钦仔痛惜的木瓜,当它沉没到一半多一点的时候,那凸出与凹进的表皮,还有轮廓,隐约地极像一个人头,有眼睛、有鼻子,还有嘴巴。憨钦仔心里猛一跳,眨眨眼睛再看个清楚,木瓜重的一端突然沉下,轻的一端跟着竖起。这一下子,憨钦仔吓得叫天叫地叫娘地爬出巷口。衔接这条暗巷的路上,一些无意间受到他叫嚷所惊扰的行人,骂他说:"你见鬼!"

"是,是……我……我见,见鬼。"憨钦仔结结巴巴地说着。在收割早稻的六月天，他竟然浑身发抖不已。

憨钦仔本来就很迷信鬼神的，这次的经验叫他的迷信更根深蒂固了。他想，见鬼是很不吉利的事，尤其是在光天化日之下见鬼，更是不吉利的征兆。到南门棺材店对面的茄冬树下的计划，暂时缓下。这几天吃的问题，管不了胃怎么不舒服，还是找阿里史人要一些番薯治饿再说。

几乎将给小镇的人淡忘了姓蓝的女鬼，从憨钦仔见鬼这天开始，到夜晚又开始在特别怕鬼的人的脑海中萦绕，尤其是镇上的许多小孩。

因为憨钦仔见了鬼，几天来，有不少的闲人到公园来的时候，顺便走到防空洞那里，找憨钦仔问问鬼的情形。憨钦仔总是不厌其烦地比手画脚，且把自己说成一个类似英雄的人物。当然，偷木瓜的事，他一介不提。还有一些小孩子，从早到晚就守在防空洞那里，听憨钦仔向来探问的人，述说见鬼的情形，可说是百听不厌的了。有时这些小孩子也会问他许多有关鬼的问题。

"那女鬼的舌头有没有这么长？"有一个小孩尽量把自己的舌头伸出来问。

"那算什么!"憨钦仔用手比到肚脐的地方,"到这里,到肚脐这里。"

"哇!"小孩子的脸都缩得剩那么一点点,眼睛却瞪得比原来更大。

"她的,她的……"有一个小孩想问另一个问题,"唵!我不敢说。"

"他说那个女鬼的眼睛怎么样?"在旁的一个帮他说了出来。

"眼睛!哇!眼睛睁得这么大。"他用手指比个圈圈,像眼镜那样比着,"但是啊,看不到黑眼珠,全部都是白的,那上面有血红的筋网。"

"她走路是不是不着地?"

"当然不着地啰!"

"指甲长不长?"

"这么长。每一根指甲都有毒的,稍一碰到了,马上就化成血水。"

"唉唷!你不怕?"

"我?我不十分怕。我要是怕,当时就被她抓去啦!"

围着他的小孩都投给他敬仰的眼色,使他愈讲愈起劲，到后来，他根本就不以为在撒谎。憨钦仔从而得到这些小孩子的敬仰以后，几天来的柴火和水，都是他们替他找来的。因而他莫名其妙地感到飘飘然起来。

一枝草一点露⑫

　　差不多有一个礼拜的光景，他的胃再也无法忍受一小块番薯来填饥了，他望着床头底下，一堆尚可吃上三四天的番薯，双手叉腰，上前几步，用一只脚碰碰番薯说："原来是这样子的啊！我还以为阿里史人慷慨，番薯随我拿。"

　　他想见鬼的事，至少也有八九天了吧。有什么不吉利，这段时间也该消灭了。到南门棺材店对面的计划，再也不能缓行。

　　一觉不很舒服的午睡醒来，他傻傻地坐在床上，这里抓抓，那里抓抓，最后双手抓着头皮的时候，才真正

---

⑫ 一枝草一点露：闽南俗语，劝慰世人在逆境中不要灰心丧气，只要努力拼搏，勇往直前，总有成功之日。

地醒来。他想到还有一件最重要的事情没办。

他十二万分小心地拐弯抹角,向南门走去。当他上阿束社路到佛祖庙的途中,有一家小杂货店,外面还摆一壶路茶⑬奉渴口。憨钦仔的脚步,一下子勤起来。其实他感兴趣的是,那屋檐下挂着的烟酒牌。他虽不识烟酒二字,但是杂货店要是挂了烧漆的圆铁皮,里面一定有卖烟酒。他走上前,先倒了一碗路茶捧在手里,一边喝眼睛还一边往里面的东西上瞟。他看到一个老人坐在柜台背后打盹。他上前想看个清楚。老人抬起头来了。

"哇!老头家,你们的茶真够意思。"他又哈⑭一口说,"一定是武荖坑茶!"

老人笑着说:"哪里有那么好,自己的茶园采的啦。"

"咦?"他又呷⑮一口,"你们的茶园在哪里?"

"十三份山。"

"十三份山翻过去就是武荖坑嘛!我的嘴还算内行吧。"他又喝一口说,"不差不差!不会输武荖坑

---

⑬ 路茶:给口渴的路人饮用的免费茶水。
⑭ 哈:闽南方言,喝。
⑮ 呷:吃,闽南方言,此处表示"喝"的意思。

的。"他一边说一边走进店里，一屁股就坐在柜台前的板凳。

老人家听到有人对他的路茶表示赞美，自然心里也十分欢喜。

憨钦仔早就看到小橱窗里面的糕仔点心，肚子里的饥肠辘辘作响。几次想向老人赊账，终究又缩回来。他想时机还没成熟，所以他尽量想话题和老人闲聊。

"他妈的！"憨钦仔突然咒骂，在老人还来不及感到莫名其妙之前，又接着说，"前些天见了鬼。真倒霉！"

"是啊！我听人说了，说是在姓蓝的菜园。"

"就是那鬼地方嘛！"

"那个地方一向就不是好东西。"

"我也知道。那天是因为有要紧事，想抄近路才走那里呀。"

"听说是白天是吗？"

"就是白天嘛！才吃完中午饭不久啊！"

"唉！这个鬼真恶，竟然白天也敢出来。"

"就是这么说嘛，谁料想得到？"憨钦仔把碗里的茶喝光。"我再喝一碗。"说着就要踏出门外。

"会喝茶的还是喝这里的,这里有热的。"老人从座椅的旁边,从茶箱子里提出一壶热喷喷的茶倒给他。

"哇!这最好啦,福气,福气,唷!好,好,满了,满了。"

"算不了什么,要自己再倒好啦。"

"够了,够了。"他看到老人家愉快的颜色,马上就说,"这样的好茶,下糕仔最好啦!"

"那当真,这些糕仔都是今天才批的,很鲜。"

"你的店子我都没交关⑯过,太远了。街仔永禄、仁寿他们你认得不认得?"

"怎么不认得?我这个小店子怎么能和他们比?"

"我的烟啦酒啦,还有其他东西,都是他们两家拿的,不是找永禄,就是找仁寿。我都是拿长期,最后才和他们清。前天才和仁寿清了不少钱呐!"

老人走到小橱窗,打开了玻璃门,问他说:"要几个?看你要圆的,或是弯的。"

"我想算了,等下我到佛祖庙那边找人讨钱,回来时再来吧。"

---

⑯ 交关:闽南方言,照顾生意。

"又不是生分！先拿去吃吧。"

憨钦仔心里明明想再客气一番，以退为进，哪知道他竟一下子就说："好吧，那就给我四个圆糕。"他有点后悔。但是看到老人那么愿意赊欠给他，也就安心了。

他一共吃了六个圆糕，喝了三碗茶，肚子里已经感到舒服些了。但是他心里痒痒的，很想抽烟。他眼望着柜台背后的玻璃柜里面的香烟，脑子里忙着编话跟老人谈。

"好久没看你打锣了。"老人问。

憨钦仔心里一慌，一时竟支吾了一下。编好的话即不能采取主动，完全失了作用。

他马上将手里的空碗送到嘴，佯装喝茶没作答。突然他想出来了。他说："呃，呃，你问我打锣的事吗？"

"好久没打了不是？"

"还是有，不过很累，有时候就叫一个少年家的出来叫嚷，有时候我还是亲身出来打。"

"很久没看你出来了。"

"前天我才出来呐。"

"没到这里。"

憨钦仔笑了笑说:"没有好事,所以我随便打打就交差了。"

"什么事?"

"缴税!"憨钦仔又笑了笑,"有好事我一定通知到家。"

他顺着嘴势说:"老头家,我再拿两包黄壳子好吗?以后一起算。"

老人家看看他的香烟说:

"附一包红壳子好吗?黄壳子只剩这两包。"

"我吃惯了黄壳子的,没关系啦!说不定我等一下回来就给你。"

憨钦仔肚子又饱,口袋里又有两包黄壳子的香烟。他想,今天的事一定顺利。他向佛祖庙走去,差不多还有一刻钟的时间即可到达南门。这个时候,他摸着被糕仔和茶水胀得有点突出的肚皮,眼望着远远的天际,喃喃地自语说:"嗨!俗语说得实在一点也不假,'一枝草,一点露',真是'一枝草,一点露'。"他小心地吸那短得不能再短的烟蒂,像在做最后的吻别那样,当他不能不把它扔掉时,他还捏着那么一点点的地方,望了一下，实在再也容不下嘴唇了。他吐出最后的一团烟雾，觉得舒畅死了，恨不得一下子就腾上烟雾飞到南门。

隘　路

南门棺材店对面的茄冬树下，经常总有八九个罗汉脚蹲在那里。一等到丧家上来买棺材，这一伙人就咬住棺材跟到丧家，帮人忙丧事。比如出殡时举彩旗抬花圈，或是做其他打杂之类的事情。这样子，他们就会有两三天，长一点的也有一个礼拜左右的"白肉"[17]可吃，另外还可以分到一些零用。这一伙罗汉脚都是无家无累的男人，他们蹲在茄冬树下生活，已经有很长的时日，并且在这小小的圈内构成了某种势力与特权。这一伙人对棺材的好坏，自然搞得很熟，倘若同时有两家丧家来买上漆的寿棺，其中有楠木和桧木的话，那么这一伙人，自然而然地就会被桧木的香味，牵着鼻子走。遇

---

[17] 白肉：闽南地方方言，指肥猪肉。

到有钱的丧家,排场总是阔得多,说不定忙上一个多礼拜,有吃有喝,零用又阔,不过有时也会遇到一些例外。有关这一伙人的生活,憨钦仔最清楚不过。所以他丢了打锣的差事以后,再也想不出比这样讨生活更方便的了。

棺材养⑱的棺材店,和空地上的茄冬树,只隔一条马路。棺材店那边,棺材养的斧头,一下一下地劈着,两个握住双人大锯两端的徒弟,他们各坐一端的上半身,一伏一起地锯着,这些规律而均匀的音响,催眠着茄冬树下这一伙人午睡。茄冬树影底下,有些罗汉脚就像他们睡前放下来的"狗龟棋"的红石子和灰石子,零乱而自由自在地用斗笠掩面熟睡着,也有几个人各自坐在自己的地方,彼此聊天,但是并不很投机,往往说话的人很像在自言自语。偶尔一辆卡车轰隆地跑过,这才叫这些罗汉脚也偶尔想到,另有远方的天地,但他们并不曾向往。

憨钦仔走到茄冬树下,看到一伙悠闲的罗汉脚,横

---

⑱ 棺材养:人名,在闽南语系的乡村,称呼一个人的名字,常常在前面加上职业,这里的"棺材养",指经营棺材店的叫"养"的人。

七竖八地有的坐、有的蹲、有的躺，各种各样的姿态都有。他心里一时觉得很失望，他想如果在这里挤到一席之地，其中的一个不就是他自己？虽然他可以想象到他们的生活，但是眼前的情形，竟是这般伤他的自尊。他左思右想，又想出他们的好处，于是他掏出黄壳子的香烟，上前向其中正抽着烟的臭头借火。他有意地把黄壳子的烟晃着，那些坐在那里欲睡不睡的罗汉脚，他们的眼睛都亮起来，被那一包黄壳子烟吸住了。他把火还给臭头，接着向他们敬烟。眼看四五只手一起伸过来的憨钦仔，心里被创痛着。

"怎么不看你打锣啦？"臭头的那个人问。

"是啊！好久不见你打锣啦。"别人和着说。

"不打了！"憨钦仔故作不在乎的样子，把话和烟一起吐出来说，"老是打锣没意思。"

但是另有人以怀疑的口吻说："不是给那喇叭车抢了你的饭碗？"

憨钦仔觉得这句话太不中听了。他瞅了那个人一下，看他还抽着他敬的香烟，心里更加不快活。他大声地想压过上句话的锐气，很不以为然地说："那种不伦不类的东西算什么？碰巧我憨钦仔不想打锣，他捡去干罢了。好多人都以为我憨钦仔这个老鸟精^⑲的饭碗，竟砸在少年家的手里。"

"其实打锣并不坏嘛！"

"不坏？"他皱着眉头，深深地吸了一口烟说，"你没打你不知道，有时一天打下来喉咙都失声，腿酸好几天。这还不打紧，还有拿不到钱的呐！你说可恶不可恶？好？好个屁！好。"

"还有这样的人？真没天良！"

憨钦仔看到几位吸了他的烟的罗汉脚，个个都摇头为他表示义愤，而偷偷地欢喜着。他又说："这样的人多着呐！说穿了人家的姓名，我这个憨钦仔做人就不够意思，有的人替他打锣找小孩，结果小孩子找到了，钱竟不给！"

"假如没找到可以不给钱吗？"有人问。

"哪里的话！只要我憨钦仔打锣就得给钱。"他的人虽然瘦小，一向打锣喊话喊惯，话一激动，每一个字都经过那么用力地说出来，声音越大反而沙哑得听得不甚清楚。

---

⑲ 老鸟精：闽南方言，老练精通。老鸟，指的是老手，表示熟练。相对的词是"菜鸟"，指新手，表示做事生疏。

谈话中，一伙人无意中移动原来的位子，坐拢过来，把憨钦仔围在主要的位置。

臭头很同情憨钦仔的话说："那是应该的，哪有做媒人包生小孩？"

"大家都像你们的心肠就好了，何必说天良。"憨钦仔看了看他们说，"一点都不假，古早人说天良的有两个，一个死了，一个还没出世。"

这一伙人的脸上，个个浮泛着憨钦仔预期想收获的微笑，他们除了对他的话感兴趣以外，还有一部分是钦佩。

"我憨钦仔又不是傻瓜一个，如果打锣是好活儿，我还会好好地把饭碗捧送给别人？"

其他人都点了点头笑着。

谈话中，他开口闭口就说"我憨钦仔"怎么怎么，有时拍胸脯，有时拉袖子，一句话一个动作。臭头他们倒觉得他那样子很神气，好不羡慕。

憨钦仔用心地转了话题说："不过话说回来，还是干你们这一行最好。"

"好？"臭头本来背靠在茄冬树，他挺起来叫着说，"好个鬼咧！好？"

其他人为臭头的话笑起来。

憨钦仔正想插进去说什么，却给另一个人的话抢先了。那人说："照这几天的情形下去，大家可要饿死啰！"

他们有很多天没见人来对面买棺材了。

"还早咧，轮到我们死？"憨钦仔很有用意地说出"我们"这两个字，安慰说，"愁什么？对这行我们这里面没有一个人是吃透[20]的。不必愁，总是有人会死的，不是今天就是明天，说不定后天一下子就有好几个人来买棺材呐！"对这一行活，他觉得十分乐观。

"噢！千万不要一下子死好几个，最好是一天一个。"乌龟也发表了他的意见。

"你到底说得对不对？"阿博很不以为然地说，"一天一个！你怎么分身法？一个地方起码也三两天，所以差不多三两天一个最恰当了。这样子我们可以这边办完，又赶那一边的……"

话没说完，旁边的火生有点恼火地说："讲傻话！阎王爷你干的？"

---

[20] 吃透：闽南方言，完成把握、理解。

阿博一时被火生认真的态度吓得发愣。旁人的哄笑，令火生以为是对他的一种赞赏。所以他得意地又重说："阎王爷又不是你干的！讲傻话！"

一向坐着只有听话的份儿，而满脸笑盈盈的像弥勒佛的大呆，突然兴奋地站起来讲话。他没头没尾地很孩子气地说："统统死光光好啦！统统死光光好啦！"

大呆的话引起在座的咒诅，此一句，彼一句地骂叫：

"大呆！"

"你去死吧！"

"大呆你只许有耳朵，不许你有嘴巴！"

大呆只顾自己笑着，一方面他关心的是，别人家手上的香烟屁股。憨钦仔的才丢下去就被大呆捡走了。其他人却把烟嘴捏扁，用手指头轻轻地拧住一点点。每个人的手指，早就这样子吸烟，而被熏得由黄变成褐色了。烟火虽然逼近手指头发烫，但是还是显得从容不迫，似乎压根儿就没么回事。这一伙人实在难得抽到黄壳子，憨钦仔也不例外。黄壳子烟的驯良与芬芳，还有另一种高贵感，一直诱着憨钦仔，但是，一想到五六只手一起伸过来的情形，心里就凉了半截，咽了一两口口水也就算了。

大家对大呆的咒诅,只有致使他傻笑不停。他的笑声因为始终不肯把嘴巴张开,所以完全由鼻孔发出一连串怪异的嗯嗯声,令人觉得又好笑,又好气。火生跑过去拽他的须毛,他还是傻笑不停,如果被拽痛了,最多是没精打采地说:"不要这样嘛!不要这样嘛。"

臭头吸了最后一口烟,把烟蒂抛在地上,大呆不理火生,慢条斯理地移动全身的肥肉走过去,火生抢先一步,将烟蒂踩在脚底。大呆象征性地推了火生一下。

臭头对着大呆说:

"晚上把屁股好好洗一洗,火生就放开脚。"

大呆还是没脾没气地推着火生说:

"不要这样嘛!不要嘛,臭头不要嘛。"

"你叫我爸爸,叫我爸爸我就放。"火生说。

"不要这样嘛!爸爸,不要嘛……"

所有的人一听到大呆叫火生爸爸,一时哗然爆笑起来。这时候,突然棺材店的斧声和锯木声,都一起停下,而茄冬树下这边的一伙,也惊奇对面的顿然静止的举动,他们终止了笑声,除了憨钦仔的笑声多拖了一口气,大家很整齐地把脸转向棺材店。这边一伙所看到的，正是和他们一样惊奇而望这边愣住了的三对眼睛。这片刻的静止，又由大呆那带着孩子气的话语，和那令人无可奈何的笑声，给打破了。在所有的人的笑声中，还可以听到棺材养的一句叫骂："死大呆……"

方才熟睡的几个人，都给那不寻常的哄笑声惊醒过来。憨钦仔的健谈，仍然受到大家的欢迎。臭头还对憨钦仔说，以后有闲多来聊聊。他已经看出来，臭头就是茄冬树下的老大，回家时，一路暗暗自喜。他想在茄冬树下占到一席的将来，早已把不能打锣的忧虑的气恼，还有欠账的事，一股脑地丢得干干净净。他竟然从容不迫地朝着向他讨账讨得最紧的烟酒店的路上，堂堂迈进。他盘算着，明天再到这里来，如果运气好，遇到有人买棺材，随即可以跟到丧家，有得吃，又有零用拿，好不快活！他愈想明天愈有可能。既然有那么多天没人买棺材，再拖也不会久啦。就怕昨天已经有人买走，那就可能需要久等几天。他想着想着，忽然被映入眼睛的妈祖庙吓了一大跳，仁寿的杂货店就在身边。他及时想掉头走掉，但是似乎被仁寿的人看见了。这可糟透顶了。他心里纳闷着。他加紧脚步，把头别向另一边，硬着头皮走过去。

来不及了。他很清楚地听到背后有人叫"憨钦仔"，他还是不理睬地走，想让对方误为叫错人。然而叫喊憨钦仔那个人，不但不停地叫，还用跑步追赶过来，一手揪住他的肩膀，用力往后一拉，并且气愤地说：

"你再跑，跑给我看看，我才不相信你插翅能飞。"

憨钦仔被拉了一下，差一点就跌倒在地上。他无意地说：

"我没跑，我没跑。"

"没跑？没跑我怎么叫你不停？"

"我没听到你叫我。"

"没听到？呃！你的耳朵是不是屎糊着了？啊？"仁寿抓着他肩膀的手，说一句就用力摇撼几下，憨钦仔那单薄的身躯，随着仁寿的手，像没着地似的晃来晃去。"要不要我用猪屎耙来替你耙耙？啊？你说！"

"仁寿兄，请放手，我求求你。"憨钦仔不好意思地看了看围热闹的人，然后更加小声地向仁寿说，"人这么多给我一点面子吧，请放手。"

"呵！你这样的人也想要面子啊？你们有没有听

到？"仁寿得意地把目光投向人群，笑着大声地说，"这叫作死要面子啦！"

那单薄的憨钦仔像被猫捉在手里玩的老鼠，被摇撼得叫人担心他的五脏恐怕乱了位置。他察觉到围热闹的人，把台车转轨向的天地盘的这个地方，都给挤满的情形，羞得头勾下来想钻到地底下去。一直觉得自己在小镇里拥有一点什么的，现在已经全破产了，原想极力求饶挽回一点点什么也好的意志，也都崩溃了。他的精神可以说陷于瘫痪的状态，连本能上的某种行为，亦都清醒地加以抑制，而想撕破自己的脸说："怎么样？没有钱就没有钱！人肉咸咸的[21]！怎么样？"他想，我再求他一次，要是再不放手，就说出来拉倒算了。

"仁寿兄，我没长你辈，也大你岁。请放手吧，我有钱还是要还你的。"憨钦仔强露出笑容，低声下气地说。

"你有钱？"仁寿近于一种狂暴似的笑着说，"你有钱，天下的人都富有了！"

憨钦仔也实在忍无可忍了，他正想用力挣脱仁寿，

---

[21] 人肉咸咸的：闽南方言中，表示要钱没有，要肉偿又因为人肉太咸不好吃，意思是"要钱没有，要命一条"。

并且蛮横地说:"人肉咸咸的啦,你把我怎么样?"就要使力和脱口的时候,他听见人群里有人说:"那个打锣的憨钦仔啦。"这时,他突然软弱下来,他觉得把态度挺硬起来一定会把"憨钦仔"这个东西,完全碰碎得找不得尸身。他说:

"仁寿叔啊!再做个人情吧,在我没还这些钱以前,就让我欠这些钱去害一场大病吧。啊?仁寿叔公——"他本想接着求仁寿放手,但是他猜想仁寿这样的人,愈请他放手,他愈故意不肯放,所以憨钦仔干脆就不求他放手。只再重复地叫了一声:"仁寿叔公——"

憨钦仔的话,一时引起在场的人哄笑,仁寿也真没脾气地放手。

"下次再不还,就不这样便宜喔!以后就剥你的衣服。"

在群众的笑声中,有人说:

"仁寿,值得啦!有一个这么大的孙子。"

"我才没那么倒霉呐!"仁寿显得气昂而乐起来了。

在一边的憨钦仔,很不好意思地,又不知道怎好,只是无意地望着被抓皱了的衣服,一边用手想抹平它。旁边骚扰的人声,一句都没听入耳朵。事情一过,反而傻愣愣在那里不知走开。

仁寿回到他的店里去了。

一群好奇的人,包围着发愣的憨钦仔的情形,像一个奇怪的果子,到时候这些人像果皮,自动地一层一层地剥落,最后只留下憨钦仔像果核,被丢弃在天地盘那里。他还是用一只手毫无意义地抹平那一块衣服。但是他实在是在那里懊悔。他想他实在不该那么软弱,早应该对仁寿说:"人肉咸咸的,你能怎么样?"他放手了,还不是见不得人?真不该叫叔公、客兄公啊!什么公?他愈想愈后悔。他知道已经没人注意他了,但一个头像百斤重,抬都不易抬起。

远远地有人推着台车来了,他们要在天地盘这里,转轨到海边去,车夫远远地吆喝着。这时憨钦仔才醒过来似的,赶快走离开。并且小心机警如老鼠地跑回公园里的防空洞。

他一进门,砰然地倒在竹床上,竟不知不觉地流泪,慢慢地鼻涕呛得满壁,慢慢地竟激动得哭起来,从他成人二三十年来,他一滴眼泪都没掉过。等稍平静下来,他坐起来,闷着声音只是不停地骂着。后来也伸手去拿披在床头的破布来擦脸。他觉得右腮有点烧痛,用手去摸的时候,才知道有两痕抓伤。他在防空洞里踱来踱去,无意间看到床底下的锣。他拿出锣看了看,并且自言自语地说:"好!"很坚决地,"有朝一日要是再让我憨钦仔打锣,我憨钦仔一定要存些钱起来。"

看人吃补,不看狗抢骨[22]

第二天,对右腮的两条抓痕,憨钦仔编好了一段来历。他来到了茄冬树下,一见到这一伙人就说:"人家说好心的挨雷打,一点都不假。"他摸摸脸颊。"昨天从这里回去,路过育生药房,我好心捡地上的花生米给那两只猴子,哪知道,我刚一抬头,一只猴子竟抱住我

---

[22] 看人吃补,不看狗抢骨:闽南地区的俗语,宁愿看别人家吃补的食物,也不愿看几只狗在抢骨头。言外之意,看人家吃,至少还能闻到香味,看狗抢骨头,则有可能被狗咬。引申为:"要跟好人做伙,切莫靠近坏人。"

的脸，一下子就被抓伤，真夭寿㉓的畜生。"

"真的，育生药房那两只猴子，顽皮出了名。前不久，一个女人打那里的亭子脚经过，也是和你说的一样，抱住人家的头不放。"火生说。

"后来那个女人怎么了？"阿博很认真地问。

"你这个猪哥㉔神，一说到女人就醒过来。"火生说着，咧嘴带其他人一起笑起来。

阿博似乎有点怕火生的样子。他说：

"不然，不然你说她干什么？"

"你想知道吗？"火生说，"你要知道，我告诉你好了。"他摆好架势，话也像摆了架势开头。"后来，后来呀，那个女人结婚，生了小孩。呵呵——"

憨钦仔一面蹲下来，等大家笑得差不多，他又抚摸那伤痕说："叫抓伤我的那只手烂掉！"他心里想着仁寿，而嘴巴却说："药房要出名，应该靠卖好药，怎么可以靠猴子抓人？"

"就是。"坐在憨钦仔身边的火生说，"昨天的黄

㉓ 夭寿：闽南方言，表示很坏，不安好心。
㉔ 猪哥：闽南方言，最早是从养公猪以专门从事给母猪配种的职业人士，后逐渐延伸为专门指那些好色的人。

壳子还有没有？"前后两句的语气，强烈地对比着。他伸长脖子，像咽喉科的医生，看病患者的喉咙那样，两只眼睛直勾到憨钦仔的袋子里。

憨钦仔拍拍胸前的口袋，苦笑着说没有。"歪嘴鸡还想吃好米㉕。"狗子突然从另一棵茄冬树下，很不耐烦地咒骂过来。

"关你什么事？"火生跳起来叫嚷，"你不想？狗咬吕洞宾。"

"怎么样！看上了是吧？"狗子的声势也不弱。然而他站了起来，奸猾地笑着说：

"呵，终于找到理由啦。"

"有种的走过来一点！"那声音大得喉咙都要炸了。

狗子嬉皮笑脸的，只是两只眼睛不肯和气，直瞪着对方上前走了几步说：

"怎么？免费招待还是送上门？"

火生早就捏紧了拳头，两手僵直地摆在两侧，他也不示弱地跳出两三步。

㉕ 歪嘴鸡还想吃好米：闽南俗语，主要是挖苦没什么本事、却很挑剔的人。

现在他们两人只隔一大步，憨钦仔看到这种情势，两条腿不由己地战栗起来。他真想有人出来劝架，他回头看看其他人。他们不是坐着，就是半躺着，每个人热得傻傻地，两只眼睛幸灾乐祸地望着顶起来的两个。眼看就要拼起来了，憨钦仔急着叫："你们谁出来做做好事吧！"他的头忙着转动："快！快出来呀！"他一边说一边走近他们两个。

"憨钦仔，你何苦呢，这么热的天气，劝架是要力气呀。"有人这么说。

狗子和火生已经在抵肩了。这时，他们两个的心里的气焰，没开始那么高涨，同时听憨钦仔走过来说："快，快让我劝劝。"双方都以为借这有人劝架而打不成架之前，赢得精神上的胜利。反正打不成了，他们想。于是抵肩的力量都加重了，一退一碰，居然碰出闷声来。本想塞进两人的中间张手隔开他们的，一看碰得这么用力，憨钦仔只好站在旁边，只是动嘴不动手地叫："嗳！嗳！打不得，打不得，你们谁快来拉开他们。"

"不要理他们，憨钦仔，别扫他们兴。"臭头叫了。

憨钦仔一时傻在那里，真不知该怎么着。

狗子和火生两个也是削瘦的人，全身什么地方都是细小，而单单关节的地方大得出奇，比如膝盖、臂弯、下巴和颧骨等地方。肩骨也一样，一张松松的皮，包着特别凸出的肩骨，经他们自己那么用力地碰起来，不但发出石头在水里相碰的声音，一阵一阵的刺痛，直钻到骨髓里面，想轻一点碰，似乎已经骑虎难下了。势到这种地步，只能更重一点碰，马上分出高低，赶快结束这种僵局为妙。他们两人都一样地这么想。刚一碰完，退后再来时，双方都把重心放得更低，把上身更向前倾斜，这样上去才够劲。正要再对碰，狗子的肩骨里正为刚碰完那一下的刺痛，刺激得最剧烈。但这下又不能不上，就在两个肩膀又要碰在一起的刹那，狗子把身体一闪，火生一落空，整个人像火牛，冲到丈许的地方，才给一棵茄冬树挡住去路。在旁的人，被引得哄笑起来，在笑声中，还有人说："这一下不下千斤！看茄冬叶都被震落了呐。"火生这下真的恼火了。一转身拳头挥得高高的，不管死活，发狂地冲回来。憨钦仔更加害怕，但是在火生再三两步远就冲到狗子之前，他竟挡在狗子的前面，摊开手叫着："千万不要，千万不要，千万……"狗子也被对方的狂势激狂了。他不顾憨钦仔阻碍在中间，来不及推开时，火生已经到了。两人隔着憨钦仔就挥拳，乒乓乒乓地干起来。憨钦仔想闪都闪不开了。有一边用脚，对方马上亦还脚，一边用抓，另一边用扯，结果都纠成一团倒在地上。

狗子和火生两个比画不出高低，一旦滚到地上弄成僵局的时候，双方突然感到获得休憩的舒畅，虽然我拉你、你拉我地困住，但在心里头都有停战的默契，谁都不想再动了，急促的气一团一团地喘着，汗水不停地涌出。在这片刻的静止间，两个人顿时感到滑稽，轻轻噎到喉头的笑声，等着下一步的什么来把嘴巴炸开。其中倒霉的是憨钦仔，他被他们两个压在底下，抱着头动都不敢动地，连眼睛都闭着，只是口里喃喃地念："千万不要，千万不要……"念个不停。

"够了吧！够了吧！"臭头懒懒地站了起来吆喝，"憨钦仔给压死了！"

狗子和火生似乎一直在等人叫他们起来，一听到臭头叫，一松手都站起来，同时也因为憨钦仔的样子，他们都笑了。

"打嘛！再打给我看看。有办法再打，臭头请吃炒米粉好啦！"臭头以老大的口气，就算训他们了。

憨钦仔还侧身躺在地上，不断地叫着"千万不要"而不知爬起来。

"一定把他的三魂七魄压缺了。"臭头走过来看看。

狗子和火生收敛起感到可笑的笑容，愣住了。在旁的人纷纷围过来，看臭头在憨钦仔的身上翻来翻去。

"可怜的老头。"臭头说，"谁会抓痧筋？"

没有人回答，围观的人互相间傻傻地照照脸，把眼睛睁得比平时还大。

臭头把憨钦仔的黑布衫掀开，在他的腋下摸啊摸地，像找到了什么停了一下，用力拧了一把，连自己的嘴也歪斜得厉害。憨钦仔哼了一声，臭头信心来了。原来痧筋这么好找，他再用力一拧，憨钦仔"娘呀"地叫起来。这一叫，可把大家的心都放下来，眼睛也各回原状了。大呆那叫人忍俊不禁的笑声，最早从刚刚令人窒息的荒原冒出来。阿博一时像小孩雀跃地，扑到大呆的背后，探手到前面，捏大呆的那一对肥满微垂的奶。

这一圈小天地，又开始活起来了。

这时，憨钦仔从坐起来，再到站起来，再到讲话的一连串动作，一直都是特别引人注目，除此他似乎拥有什么特权之类的感觉。其余的人眯着一对笑眼（不，火木只有一只左眼，他的右眼永远没张开，且深深地凹着），望着憨钦仔，等他做一切事情。

憨钦仔摸摸这里叫一声，揉揉那里哼一声，三字经加注来一段，又这里揉揉，那里摸摸地，把自己全身都搜遍了。在这搜搜揉揉的过程中，他的每叫一声，每咒骂一句，都博得其他人的同情和善意笑声。哪怕他有些是夸大，他们的同情竟是那么慷慨。因此，他觉得他并没有完全受到委屈。同时他想他应该好好地把握，这有利他言行的这个时刻。他拍拍身上的灰尘，本想发发脾气，叫大家认识认识他并不是好惹的货色。但是仔细一想，竟自认倒霉地说：

"看人吃补，不看狗抢骨。"他笑了笑，"嗨！古早人实在是先知先觉，他早告诉我们了。我自己糊涂。唉！真是糊涂虫一个。"

"我看你还是吃一点药，多少有一点内伤。"火生说，"我报给你一味生伤的草药。"火生侧着脸，"起马鞭[26]最好了,绞汁,敢喝酒加酒,不敢喝酒加乌糖,包你一必一中[27]。我报给人家吃好了好多人呐!"

"要起马鞭莫不简单?墓仔埔最多了。"

憨钦仔忙着转头看好意为他建议的人。

"还有一种也不错。"臭头说,"榕须捶捶绞汁,就这样喝,对生伤也很有效。这比起马鞭好喝,一点膻味都没有。"

"要吃嘛,就趁早!"

"是是。"憨钦仔说。

"叫狗子和火生去采才应该。"

"不用不用,我自己采。他们给我出酒钱就好了。"

"应该,应该,这很公道。"

很多人都附和着说。狗子抓抓说:

"我现在没钱!好久没吃白肉了。"

是很久没吃白肉了。大概有一个礼拜,不见人来对面买棺材了。当大家听到狗子的话之后,好像大家才真正地触到自己的生活问题,燠热又植在他们的神经,忧

---

[26] 起马鞭:指马鞭草,一种草药,可治疗跌打损伤。
[27] 一必一中:闽南方言,立马见效。

虑又在脑壳里发胀，憨钦仔的伤痛被抛得老远。

"不是我们心地坏，实在很久没有人死了。"

"你们急什么，有一顿肉就要来了。"憨钦仔说。

"谁？"大家的眼睛亮了起来。

"杨秀才。这一定会铺张的。"

"几年前就喊杨秀才要死，喊到今天。"

"那老家伙也真牛皮韧。"火生说。

"十二条身魂被掳十一条，还有一条强扳住门槛，当然韧呐！"

"唉！也该放手了，老头子不聪明，他这样子弄得年轻的对他不孝，何苦？"

憨钦仔提起杨秀才，叫大家谈论起来。但是谈来谈去，始终谈不出什么，天气一热，大家越谈越不起劲。

方才的喧扰和飘浮的情绪，渐渐地像尘埃沉淀下来。一个一个以他们感到最舒服的姿势，开始木讷不动。憨钦仔很不习惯于这样沉默，他忙了一阵脑子，终于想出话题向臭头丢了一个小石子叫他说：

"喂！臭头，人家说棺材店如果没生意，只要用扫把头敲打棺材三下，隔日就有人来买棺材。你信不信？"

"听倒是听过,但是没试过。"

"不知道棺材养知道不知道?"

"这谁都知道,如果有效,我想他也不愿意没有生意做。"

"说不定没做过。"憨钦仔留着一个希望似的,"那又怎么样?"

其他人也都想参加一点意见,虽然还没开口,至少他们又从昏沉的状态中醒了过来。

"我们来试试看。"憨钦仔惊喜地说。

"谁去试?"

"这里面的人,包括我在内。"

"谁愿意?"

其他的人缩了缩身体,露出想逃避的笑容,看看旁边的人。

"看。"憨钦仔细声地说,"棺材养他们三个人都放下工具去吃饭了。再看,左边墙靠一支扫把在那儿,要做就趁现在。"

"谁去?"

"抓签好啦!"狗子说。

"抓什么签!等你做好签,再抽好,人家又出来了。"憨钦仔很想自己去试。他想他可以叫他们喜欢他。

"那怎么办？"狗子有点急。

憨钦仔也有一点急，他怕他还没自告奋勇说出来，就让狗子说了，那岂不是失去一个很好的表现机会？看狗子他那表情，像就要冲口说出来的样子。他很快地说："我去！"他看了看他们，"等你们这些人做事，做鬼也抢不到纸钱用！"

这一伙看挺身出来的憨钦仔，不由得投以敬仰的目光，使得他加倍地勇敢起来，做一口深呼吸，准备冲过去。

"给我看看路上的行人，有人走近就咳一声。"说着憨钦仔走过马路，他回头看看大家，茄冬树下这边，大家屏住气，注视着他的一举一动，他们很静，静得几乎要爆炸。

憨钦仔走到屋檐下，回头看看马路两端，很快地上前，拿起扫把往最靠边的一具棺材，咚咚咚地敲了三下，拿着扫把连蹦带跳地冲回来。

这边的人，从看到他拿起扫把就开始爆笑起来，并且他拿着扫把，奔跑回来的样子，亦叫他们捧腹。

"你们真没意思！"憨钦仔生气地叫着。"我是为大家去拼生命呐！"

大家仍然笑得合不拢嘴。

"你们真是一群猪！好歹不识！"他摇动扫把，要他们清楚他的贡献。

看了他手里的扫把，臭头捧着腹："哎哟！妈呀！扫，扫把，唷，笑死啦……"

这时大家又发现一件可笑的事，笑浪声，一冲就到棺材店里面，一时引起两个徒弟的好奇，拿着饭碗跑出来看。

"憨钦仔，你的扫把。"有人小声地叫。

这时大家才真正地停止了笑声，他们的眼睛一会儿对面一会儿憨钦仔地来回看看。

憨钦仔还不知道他怎么，一听到人家说扫把，定神一看，自己也发愣了。

"快点藏起来！他们在看你。"

憨钦仔笨拙地回头看看对面，这时有人走过来把扫把抢过去，藏在两个人的屁股底下了。

对面的两个徒弟，一边扒饭，一边望着这边，看不出什么好笑的，又走回里面去了。

憨钦仔松了一口气,自己也觉得好笑地说:

"我怎么连扫把也带回来?真该死。"

"我看你昏了。"

"扫把在哪里?我再带回去。"

"到现在没事就算了,扫把等一下扔掉就是。"

"唉!那,那怎么可以?"

"你不必管它了。"臭头说:"看明天灵不灵。"

"我,我已经很对得起大家了。"

虽然大家没说什么,从他们的笑脸上,他获得了承认和无限的光彩。

但是在大家还赞美不已的时候,他竟被淡淡的忧虑爬到心头,令他悒悒难过。他后悔做刚才的事,他想如果真的明天有人买棺材的话,那个死人可不是我杀了他?我憨钦仔半世人,虽不算好人,亦不算坏人啊!我为什么要杀人?但愿明天不灵验才好。他闭着眼睛坐在地上,把背倚靠在茄冬树干,想他自己的事。

他纯然听不见这一伙人,有意无意地对他的赞美,或重述方才那英勇事迹所激起的骚扰。甚至于不值得去甩他们。他觉得自己正掉进黑黑的深渊似的,他想着,此刻对过去连自己都不以为怎么的事情,竟令他怀念不已。现在，他并不为砸了饭碗难过，只是为那些不再是揶揄，而是让自己尊敬的差事，深痛地感到惋惜。

防空洞口，一个悲切的母亲的声音在唤着：

"打锣的！打锣的！"停了一停，"打锣的在吗？"

"唷！在，在。"憨钦仔从午觉中跳起来。

"请你出来一下。"

"来啦！来啦！"

憨钦仔一出到洞口，眼睛被阳光扎得睁不开，他还没看清楚是谁，对方开始说话了。

"我的孩子，阿雄迷失了。"那女人一说到我的孩子，再说下去的一串话，变成呜咽不清的声音。

憨钦仔很了解这个迷失孩子的年轻母亲，他安慰着说：

"我知道，我知道。你的孩子迷失了是不是？"

那哭泣的女人点头。

"不要急，你慢慢告诉我你的孩子有多大？有什么特征？他今天穿什么衣服？大概在什么地方？什么时间迷失的？好，就是这些。"

"他，他……"女人努力地想说出来，然而伤心的抽噎每每抢在话前。

"没关系,别急。没有一个小孩迷失,我找不回来的。你去问问,绝对没有。你的孩子我一样有办法找到。"

年轻的母亲安心多了。她说:

"他叫阿雄,眼睛很大,很可爱,三岁,但是才满两岁。"她停下来想了想,她的神色突然变得很仁慈,刚才的悲伤全消失了。"我带他去买布,我想剪一块布给他做几件尿裤,我在布店看布,他吵着要下去玩,我叫他说,阿雄不要到马路,他还应我一声呐!"才消失的悲伤又罩住她。

憨钦仔抓住她停下来的机会,自动提出问题一个一个问她,这样她才说得完全而答得简洁。

"好!我知道了,你赶快去找,最好到大水沟去巡巡,我马上打锣,没有问题的。"

他一转身马上拿锣,随着那母亲去后,接着就敲打起来。

当——当——当——

打锣打这儿来——

通知给大家明白——

有一个小孩，名叫阿雄——

今年三岁，实在才满两岁啊——

目睭大大蕊㉘，很可爱，赤脚，穿黑水裤、白衫——

谁人看见，赶紧带去交给派出所——

或者，带去帝爷庙边棉被店——

阿雄的母亲很着急地在等候——

当——当——当——

那天下午，整个镇上没有一个人没听到憨钦仔的锣声。黄昏时分，那个母亲抱着阿雄，在路上追到憨钦仔，当面说了许多感激的话，并且将一包红包塞在他的手里。

钱虽然不多，现在想起来却是一份很厚的酬谢。唉！但愿我没杀死人，我愿我没做那件傻事。他仍然觉得他的心在那黑黑的深渊浮沉不定。

憨钦仔的神色，显然和刚才逗英雄的情形，完全是

㉘ 目睭大大蕊：闽南方言，眼睛睁得跟盛开的花蕊一样大大。目睭，眼睛。大大蕊，形容很大朵的花。

两张面孔。

"憨钦仔,你怎么了?"

他听到他们的话,但他不想回答。

"大概真的受伤了。"臭头说着,两眼来回搜寻狗子和火生。

"我,我去采起马鞭给你好吗?"火生歉意地说。

憨钦仔的笑容和深闭的眼睛,倏地一并闪亮起来,围着他因关心而黯淡的脸庞,也一并给点亮了。显然地,憨钦仔已经在这里赢得了一席之地,完全和他原先预想的一样,有一点意外的是赢得太快了。但是一点都不惊奇,反而觉得有点颓败,而这点颓败才是应该他最惊奇的。唯有这一份颓败得像一摊泥不泥水不水的情形,是他原先没料想得到。然而这真正意外得足够他悸动的惊奇,亦被这颓败本身压抑得死死了。在这之前,对憨钦仔来说,颓败是初次谋面。

"没什么。这是我的老毛病,我歇一歇就会好的。"

"不过你也不能太大意,不要把生伤熬成老伤,那就够麻烦的。"

他觉得自己似乎很容易受骗。刚才那么地鄙视他们，现在一句关心他的话，一下子全部给抹得干净。

"我会。我马上就回去找起马鞭。"他并觉得身上有什么地方特别疼痛，他随便抚摸自己的胸部，"我想不会有什么吧。"

大家都笑了，笑得那么干瘪地。

早鸡报喜

从刚才在茄冬树下站起来的时候，头就开始发晕，要不是扶着树干闭目了一会儿，一定栽在那里爬不起来。他坐在防空洞口的水泥堵，把整个脸埋在两只手掌里托着，他想大概是一直吃番薯的关系，不然就是……唷！又来了。在昏暗的脑子里突然亮了一下，渐渐地变黄、变绿、变红，茫茫地又归到昏暗。就在这一阵子，整个人像什么东西被抽空了地虚脱下来。好在他是坐着，站着的话一定就栽了。他提防着，他知道还有第二次。还是那样托着脸的老姿势，身体紧张畏缩，连脚趾都向里弓起来。最近他常被这种头晕困扰，有时可以用意志去克制，也有时意志一抵，只有促晕劲更凶。在这两种情形，他学会了慢慢地一点一点去试探，能克制的时候一点一点加强，不能克制也要一点一点放松，不能一点都没有就放松，那会导致呕吐，严重的话就像被柔道摔在地上。许久，再一个许久，憨钦仔没等到第二次袭击，他全身的肌肉像一堆搓合的面团徐徐地流开，松了又没怎么样。但是他还是小心地把头抬起来，一袭凉意使他意识到发了一阵汗。眼前的景象特别亮，像显影不足的照片。他扶着水泥，扶着潮湿的墙壁，摸着床，一股暖流从手流到心。躺在床上，暖流又从身体的什么地方流走了。憨钦仔面对着黑压压的空气，与它对比起来憨钦仔竟是那么渺小得无法再渺小，想动弹一下都不得，好像他被摆好应该侧身面对墙睡。他十分清醒，慢慢地在闇氛中，看到潮湿的墙壁的水汗，映着侧面入口的阳光，一个珠一个珠缓缓地往下蠕动，此刻，在最没有时间观念的他，也感到时间的脚步的急促。明天，很快就来了。有没有杀人？明天就可知道。憨钦仔是一个绝对迷信的人。以往他一直深信神会保佑他的，并且就一直平平安安地给保佑过来。他想，所有庙里神的圣诞，都是由他前一天就打锣通知全镇的善男信女。迎神赛会、神明出境游行，也是由他抡动结了红缎的锣槌，走在前头当当地敲锣开路。"现在连这个例都绝了。"眼巴巴地看到一个传统，像一个巨像倒下来，而且是从他的手里，他感到十分罪过似的。然而，他只能向那个不明白的原因咒骂一句罢了。

潮湿的墙壁的水珠，因为入口消失了阳光，已不叫眼睛看到了。嗡嗡的蚊声在他的耳边萦绕，像锣声的余韵，像床底下拿来当杂盘子用的锣在鸣响。当！当！当！锣在烈日底下响颤。拿着锣槌的手不住地挥汗，他嘶吼叫喊，汗水的盐分扎他眼睛，挨打的锣面跃着金针扎他眼睛。他撕喉大声叫吼。他再吼还是听不见自己的声音，汗水不断地冒出来，再试试，行人的面孔，很大的一张一张地压过来。他疾跑，很多人默默地追他。他跑不动了，锣抱在怀里蹲下来，露出整面的背。背凉凉的，回头什么都没有。墙壁上的水珠仍然看不见。他听到心在跳，好像想冲出来地撞击着躯壳。

他拉衣服拭汗，一边就那么躺着地瞄透气孔。它原来就是烟囱，被拿来埋在很厚的土堆里，就变成这个洞里的透气管。很奇怪？不管雨下得多大，雨点从不从那里掉进来。有时憨钦仔会用一块砖把管口盖住。今天没有，他看到透深的蓝圆碟灵活地在一团漆黑中，跟憨钦仔的眼睛的角度移动。如果他能看到一颗银亮的星，走进圆碟子里面，也就可以知道过好久才是天亮。他没看到什么，透蓝的圆碟在他上头，隐秘地浮动着。

他不为那一点隐秘诱惑。他面墙侧卧，想着明天。"一群讨厌的猪。"打呵欠，眼油跟着冒出来。他闭眼把眼油挤掉，就不想再睁开眼睛了。"一群猪！"大呆嗯嗯的笑声迸出来了。"该死的家伙。"阿博乌脏脏的凸肚脐。"呸！"火木的眼窟，那个蹲下来就碰地的脱肠包。狗啃剩的臭头，流鼻涕、烂耳朵的都有。"一群猪！"他把腿缩上来伸手去抓痒，"以前从来不知道什么是疥癣，人一倒霉什么都相识。"他弹着指甲。打呵欠，把眼油挤掉，口里巴达巴达地弄响，吞一吞，"但愿我没杀死他。"洞里很闷热，他应该可以睡在进口那里，现在那里摆着几把竹扫帚和畚箕。"该死的人！"

他曾经向打扫公园的人商量，把工具放在里头，人睡出来，只有热天这样。他们说不睡就出去，他们要弄一个门加锁。"谁说不睡！该死的人。"他又打呵欠，"快睡啦！"

像在哄小孩。他翻过来，透蓝的圆碟子还是空空的，他把全神贯注耳朵，"该死！一定还早。"只有蚯蚓、青蛙、喷水池的水声交织。突然心里欢喜起来，"现在不是一更就是二更，这个时候不该听到公鸡啼，古时候的人说：'一更二更报死，三更四更报喜。'那就对了。"经他这么一推想，"我没杀人吧，我没杀人。"他又看看蓝碟子，转来转去还是不见那颗星，"是一更吧，不然就是二更。没有吧，半声的公鸡叫都听不到。"他面向墙壁侧卧、打呵欠、闭眼挤掉眼油、嘴巴巴达巴达地舔了几下，吞一吞，眼睛不再打开了。"快睡，天快亮了。"但是他却兴奋得不能入睡。几天穷追着他的番薯和欠账的事，一股脑就丢掉，好像那并不重要。"不要到明天。我现在已经知道我没杀人啦！我本来就不是歹人。"他在心底里欢呼着，"即使明天真的有人去买棺材，那也不能证明我杀死了那个人。一更到二更都没听到公鸡叫。"在欣慰中升起轻轻忧虑。

"是没听到公鸡叫啊！我一直醒着呐。"他又很注意地听。蚯蚓和青蛙的声音好像没有了，喷水和树梢的风声，使他感到透凉。"我要睡了，公鸡要叫就叫吧。"他打着呵欠，"反正现在不会是一更二更了。"就在他这么想着安慰自己的时候，远远地，隐约地可以听到鸡啼。他愣了一下,又一声更近的回应。他翻过来看透气孔,而那透蓝的圆碟,正托着一颗银星,憨钦仔对着它微笑。这样的星,在接近黎明的时辰,倾泻着寒光,显得更为晶亮。"又来一个人了,"他长长地叹口气,"我怎么不会老?"他淡淡地笑着,像一颗流星。

在这黑压压的洞里,现在连细微的思想的喘息,也停止了。他的呼吸均匀地和黑暗和静息连牢得分不开。这是他最幸福的一段时间,所有的怯懦、自卑、内疚、矛盾和苦恼,都渗出他的心,溶在黑暗中,叫他回到原始,回到母胎,和谁都没分别,就因为这样,他什么都不知道。

喜　讯

天亮时,扫公园的人进来拿工具,回来放工具,他都听见了,只是舒服得懒得起床。他想就这样能再睡一会儿,省得这么早就洗脸,省得想办法弄一顿饭吃。还不是吃番薯。便又不怎么急,暂时禁在肚子里,到中午过后又省了两餐。他不由得笑了。

哪知道这么再一睡,竟过午得晚了。他坐在床沿发呆了一会儿,弯身到床下拿放在锣底的黄壳子,因为他把每根烟剪成两半俭抽俭用,所以还有一包的样子。他顺便看看锣,它那么认命地伏在那里,随便任憨钦仔放几根大小不一的老铁钉,一个捡来的大红扣子,一团细绳。烟有点发潮,吸起来有些滞重。他想该到茄冬树下去看看。他拿了两根半截的烟,在两边耳朵的上面各夹一根,走出洞外,把掀起来的斗笠叶重新塞在线底下,戴上去就走了。

当他远远地看到茄冬的华盖,已经闻到树下异样的欣喜。等他走近得可以看见他们的时候,竟没有一个人坐在地上,或是躺着的,八九个人都站起来议论着什么。同时他们也有人看到他来。他们的脸一下子就像被吸过来似的。"来啦,来啦。"憨钦仔机警地,把脚步放慢,尽量不让脚步踏出声音而扰乱听觉,一方面还要不叫他们看出来他在提防什么。他细察着,看来他们的群起,并不为什么公愤。另外他还看到有人向他招手,那一只招换的手,显然地可以观察到,那完全喜悦的律动。这时憨钦仔才放了心,加快脚步走去。

"喂！憨钦仔……"在十步远的地方狗子叫着。

"嘘！"臭头警告着狗子，背着棺材店，偷偷地指，"小心他们知道。"

迎着一伙人的笑脸，憨钦仔插到中间，马上被包围起来。臭头说：

"憨钦仔，你成功了！"

"他妈的！"这句话倒不是咒骂，相反的是赞美，这伙人已经把这句本来是辱骂，活用得广泛了。"亏你想得出来。杨秀才死啦！"接着打憨钦仔的肩膀。

憨钦仔挨打的肩膀放低，用手夸大地抚摸："唷！疯了。啧啧啧。"他笑着。他想：也好，就让他们以为我建功劳吧，反正我自己明白，杨秀才绝不是我杀的。一更二更我都没睡，我没听到半声的鸡啼。他顺着被钦佩的来势说：

"你们早就该这么做了。还让他挨饿。"

"就是说嘛。"

"其实每个人都知道用扫把头敲棺材叫生意，就是没人想去做。"

"谁会想到？我们还以为那是棺材养的事呐！"

火木说话之前，一定得先把凹眼窟往里收，然后劈着头说：

"是啊！憨钦仔就想到啦！"

"那还用说。"憨钦仔那脱皮的手一划，"我们都是蠢大呆。"

大家都笑了，好像没有一个人有异议。

大呆一听到大家都是大呆，他高兴得嗯嗯地嗯个不完。

他们全都坐下来，对憨钦仔的钦敬给收在心里，把耳朵竖起来，听臭头分配工作。

其实他们的工作都是差不了多少，单单在厨房工作的人，在吃的方面可以占到一些便宜。

"上次……"臭头一时想不起来了，"上次我们在哪里？"

"就是德旺的女婿被柴压死。"

"不是……"火生说，"还有一次。"

"对了，市场卖鱼的溪水的母亲死的那一次。"

"不是！那更上面的一次。"狗子说。

"怎么不是？那一次鱼最多了。大呆被海鳗的刺鲠得死去活来，我记得最深了。"火生说。

"爱辩！"狗子的口水溅得远远的，"说不是就不是，真气死闲人！"

"好了，好了，你们两个要抢就到边边去。"臭头有点生气，"几天没吃白肉，大家都饿傻了。"

大呆在一边自言自语地说：

"阿尾哭得哼哼叫，嗯嗯……"

"啊！对了，西门阿尾的太太死那一次啦！"

"对！就是阿尾的太太死那一次。"臭头的脸笑了，大家也都想起来了。"噫！大呆今天不呆嘛！"

大呆又乐得嗯嗯笑。

"阿尾的太太死这一次，轮到谁和谁在厨房？"臭头的眼睛扫了一圈，"谁和谁嘛？自己总是记得最清楚。"

还是没人回答。大家我望着你，你望着我愣着。

阿博突然叫起来说：

"金钟你啦！"

"我？"那个指着自己，露出相当受委屈的脸，"是我？"

"就是你，还要赖！"阿博瞪着他，"嘴里塞满鱼丸，话都讲不出来，有没有？"

"啊——"他尴尬地说，"我脾气不好，我不和你辩了。"

谁都可以看出来金钟是认了。

"大囊包!你想再到厨房?你不怕你的脱肠包被割去当肚子炒?"臭头叫嚷起来。

金钟口里喃喃地咒诅:"大囊包,要就给你嘛!"他说得很模糊,连坐在他旁边的人也没听清楚。

憨钦仔坐在那里,一方面听他们讲话,一方面细细地推敲杨秀才之死,和他昨天用扫把打棺材,是不是连在一起?怎么想都不会是他了,所以他也想说话。

"喂!各位等一下,我憨钦仔有言在先,目前我还没找到适当的工作,想暂时和大家一起生活,一旦我找到工作,我马上就要离开。你们知道?是暂时的,说不定明天就走。因为是暂时很难料。"他一再地强调暂时两个字。

"就怕你不愿意,没问题。"臭头说。

"在我们这里也不坏。"

"噢!不!我说过了,我是暂时性的。"憨钦仔拼命摇头,好像什么沾在脸上要把它摇掉。

"是啊!人家有什么好地位,总不会老待在这里的。"

"说一句良心话,我们这些兄弟倒是很喜欢你在这里。"火生的意思也是他们的意思,他们笑得很温和而亲切。

"不,不,不,我说是暂时的。到时候我走了,大家不要骂我无情就好。我说过了,是暂时的。"这下子他得意了。他觉得面子够大了。

与世无争

一伙人来到杨秀才的大瓦厝,憨钦仔停留在后头顿了一下。"他本来就要死的,不是我……"他默默地安慰自己,但是心里难免有些害怕。他实在不愿走过大庭,不知道怎么地像是半推半就地走了过去。本想别开脸的,亦不知道怎么被扭转过头去看杨秀才的像亭。杨秀才的这一幅像是用画的。其实镇上唯一的那一家画像师,早就画好了许多没有脸的像摆在那里等。杨秀才的这一张像,就是后来再由那个画像师,把杨秀才的五官拼凑上去。不能说像不像,说不定年轻时或是更老以后，多少总可以看出一点样子来。憨钦仔看到他那一对与世无争的眼睛，心里放松多了。甚至于敢停脚看个清楚。怎么看还是眼睛离不开眼睛，仍然是那一对与世无争的眼睛。他双手合十，向杨秀才的像亭拜了拜："杨秀才，你好福气。请多多保佑我。"

听说杨秀才他们自家手足很多，不需要雇人帮佣多天，臭头他们都蹲在屋檐下，等着出殡的时候拿各种道具。他们小声地咒骂着，其中咒骂得最臭的是狗子和火木，他们被编在厨房工作，本想杨秀才是镇上的望族，排场必定很大，所以多加了一个人帮忙。

当然想再加一个，狗子却极力地反对，他说两个已经够了。谁不知道狗子在紧张什么，这一下子被挡开了。他气愤地说："有钱人乞丐命！"

憨钦仔不愿和他们蹲在一处，他怕这里这么多人出入，蹲在那里叫人看到了，不知道别人会怎么想，自己却先难过起来。他在大瓦厝的厝前厝后走动。子弟班，吹鼓阵，还有乞丐，他们也都在附近的地方等着。他也看到白痴的疯彩孤独地站在垃圾堆旁无缘无故地笑嘻嘻。他走过了几步，又回过头来看看她。"多可惜。"以前他在打锣的时候，每每看到疯彩就这样想。但都是很快地掠过去。他走得稍远一点停下来，偷偷地看她。疯彩确实长得有几分姿色，白皙的皮肤，长长的脚，挺俊的乳房，圆熟的臀部，"那一对眼睛才勾魂哩！"憨钦仔佯装看看别地方，马上又注意着疯彩。"今年夏天像吹气，一下子长这么多。当时我就知道疯彩长大会美丽。"他的喉咙有点干裂，想吞吞口水，竟连一滴也没有，心里又痒得不自在。咒了一声，像忍痛什么地走开。

子弟班有人咿呀咿呀地调弦，哇啦哇啦地试着唢呐，锣鼓也被点了几声，四周似乎都逐渐地骚动起来。憨钦仔来到屋檐下，告诉他们说："大概快出发了吧。"

"杨秀才的脚健，棺材也要自己扛着走。"臭头满脸不高兴。

憨钦仔看在眼里，觉得好像臭头在怪他敲到杨秀才的头上，是千不该万不该的事。

"到底怎么啦！"他硬直喉咙，但并不很大声地说："总比没有好吧。"

没有人懂得憨钦仔的意思。靠在他们背后的是粗布的彩旗，红、蓝、白都有，因为杨秀才是五代同堂。这些尺许宽的长布条，顶端用比布宽些的竹枝张着，结在一根竹尾留有竹叶的长杆，直条条地垂下来，他们的外表就和这些彩旗一般的木讷无力。

憨钦仔隔一条路就蹲在他们的对面，还是不习惯公然地和他们一起抛头露面。但是队伍快出发了，不敢跑远，恐怕分不到彩旗，连钱也拿不到。他想不出他们有什么事值得那么恼火，就算是一出殡就了事，至少也有两餐饭吃，还有钱拿。省吃俭用嘛这一点钱也够三天不饿肚子，三天以后还怕没人死翘翘？这有什么不好？

"呸！一群猪。"

独眼的火木劈着头走过来了，大囊包的金钟和狗子也跟着过来，坐在憨钦仔的身边，他的心正像坐在另一边的跷跷板，当他们坐下去，憨钦仔却站起来，他焦急着。无奈他还怕伤人的自尊心，只好挨坐不动了。阿博和火生也过来了。

"就凭这一爿大瓦厝，对我们讨吃的也不应该这般寒酸啊！"那凹眼窟的眼皮竟然颤得厉害，"大望的杨秀才死，倒不如市场底溪水的母亲死。"火木说。

"就这样子把杨秀才抬出去，当边的人是会品评的。"狗子把脸凑到憨钦仔的鼻尖，憨钦仔一点都不为所动。"谁不识杨秀才?"

"我看这是负责的人不好,我们不能怪杨秀才。"大囊包停了一停,"憨钦仔,你说是不是?"说了说,伸手到底下扶一扶。

憨钦仔笑了笑,一直都没说什么。

"这不只丢杨秀才他们的脸,连我们罗东人也会被五十里外的人笑。"这一次火木的头劈[29]得更起劲。"疯了!现在的少年人做事情都不考虑后果。"

"时机歹歹[30],钱在人家口袋里,人家爱怎么就怎么,谁管得了?"阿博说。

"你这个博仙[31],"火木劈向他,"话不是这么说啊!要是想和人站在这社会,事事项项都得跟人陪随。"劈向憨钦仔,眼窟的眼皮频频颤动:"憨钦仔,你站在公边,你说我说得对不对?"

憨钦仔笑了笑,望了一下火木似乎能说话的单眼。火木觉得憨钦仔这一笑是在支持他,竟而变得特别多话

---

[29] 劈:闽南方言,歪斜成一个方向,带着故意的情感。
[30] 时机歹歹:闽南方言,时机非常地差。
[31] 仙:闽南方言的表达方式,喜欢在人的名字后面,加一个"仙",表示这个人很自以为是。

了。他们在争辩，憨钦仔一个人在想。他想存些钱正正当当地把疯彩收留下来。他远远地看到疯彩站在那里，心里痒得坐立不安，同时亦莫名地想笑。

憨钦仔耳边拾遗地听到："差得远呐！要谈社会，你一辈子妄想，只有两只眼睛的才有资格。"阿博站起来，学着火木劈头，一边走回屋檐下，和臭头他们一起。

臭头连看都不看阿博一眼。阿博还没坐下来，火生责怪着说：

"你回来干吗！"阿博没听懂这句话的意思，大摇大摆地坐下来，火生瞪着他，再用弯臂顶他一下，"这边不用你过来！"

"一目恶过两目。"阿博还是没懂得火生的话意，"社会，社会，会社咧社会。到底社会较大，或是会社较大，你知不知道？"停了一下。其实他也不知道。"要知道我白白教你好啦。"说完，他两只空手，从底下往对面一插，火木的气势已经奄奄一息了。

火生忍不住笑起来，再用弯臂撞一下，阿博回过头来看，火生的语气已不带劲了。

"你回来干吗！"阿博来不及思索，臭头说话了。

"以后再对憨钦仔扶扶拥拥,就不要过来了!"臭头望着对面,执着原来的坐姿冷漠地警告。"你好歹人要分明。"阿博傻了。

"憨钦仔是一个有阴谋、有野心的人。"火生在说明他们和臭头分析憨钦仔的结论给阿博听。阿博咬着下唇,斜吊眼不断点头。"所以啊,你不能被利用。大囊包、独眼,他们要去就随他了,那种人我们才不稀罕。"

"对!他是有阴谋的。"阿博说。

"没阴谋?一来这里他为什么不和我们在一起,独自一个人东走西走地干吗?"火生说。

"真的!我也看出来了。刚刚回到我们这里,还不是不和我们一起,自个儿跑到对面。"

"那你去和他一起做什么?"

"我本来想去聊聊天罢了。"

"眼睛张大一点。"

阿博频频点头,大呆在旁嗯嗯地笑。臭头目不转睛地望着憨钦仔,火生讨好地说:

"你看憨钦仔,他现在不知道在动我们什么歪脑筋?"

"你怕他？"

"有你老兄在，怕他！"

他们好奇地顺着憨钦仔的视线望去。

"喂！"火生用两边的臂弯碰臭头和阿博，"我看出憨钦仔在动什么脑筋！"

"我当然知道。我一直在看他，我还不知道？"臭头的眼睛紧紧地盯着憨钦仔。

"我也看出来了。"

"看出什么？"阿博问。

"你看憨钦仔疯了。"

"该杀的！他在打疯彩的歪脑筋？"

"知道啦？"臭头冷冷地说。这几个人的心随着不安起来。他们不再看憨钦仔了，他们也和憨钦仔一样，两只眼睛牢牢地咬住疯彩不放，每个人的心头升起一团烈火。

拿出法宝来

杨秀才的出殡行列,从引发到送葬的人,约有三四十间店铺那么长。憨钦仔在彩旗班里面,举一面曾孙辈的蓝色彩旗,紧接在他后头就是杨秀才的像亭和寿棺。丧伍缓缓地向闹区行进,据说要游几条街道,憨钦仔的心里一直着慌。这样的走法至少也要经过石头、永禄、仁寿他们的店。万一被看到了!我憨钦仔岂不栽惨?那薄薄的旗布,干脆就蒙住脸,还是可以看得很清楚。他开心多了。走啊走,心里又掠过一阵忧虑,马上回头看看像亭的杨秀才。看到杨秀才的那一对眼睛,仍然是那么昏眛与世无争的老样子。"我就知道与我没关系。"他又回头看看,"杨秀才,顺风啦。"

当丧伍朝天地盘过来的时候,虽然整张脸都蒙在旗布里,透过旗布,憨钦仔在熙熙攘攘的人头背后,看到仁寿的店,接着在人头里看到仁寿穿着背心,双手交叉在胸前,露出结实臂肌在阳光下发亮。"该死!"他暗暗地叫屈。现在距离仁寿还十多步远,糟糕的是,他走的是和仁寿同一边。仁寿的眼睛向他这边望过来看杨秀才的像。憨钦仔很怕被他认出来。这时他心生一计,马上佯装跛脚,一步一摇地走,在身边的大囊包惊讶地望着他,一时连话都问不出来。他已经来到仁寿的面前了,他闭着眼念念有词地:"土地公、妈祖婆请您保佑憨钦仔平安无事。"眼睛一睁开,吓了一跳,自己竟走出队伍,引起路人一阵笑声,惊吓得佯装跛脚也给忘了就跑回原位。"啧!啧!该死!"他想仁寿的眼睛钉在背后,一阵抽缩整条背脊都凉了。他很懊悔佯装跛脚的事,现在想纠正过来,沿街都站满了人,有几次下决心想纠正过来,却少了刚看到仁寿的那一刹那的果断。

"憨钦仔,你的脚怎么了?"大囊包憋不住地问。

"该死的脚抽筋啦!"

"嗯!倒八辈子霉的脚。"大囊包的眼睛,从憨钦仔的脚移到他的头部。"你干吗蒙脸?"

"你不觉得今天特别热?"他还是蒙住脸说,"这样可凉爽多啊!"

"实在热死人啦。"大囊包也把脸蒙起来,"嗯——是凉多啦。"

沿途喧天的子弟戏班,吹鼓、十音,加起来一、二十种的每一样乐器,如双人抬起来敲的大铜锣、大鼓、皮鼓、铙、铃、唢呐、三弦、胡琴、笛等等都尽兴开放而汇成嘈杂的洪流,冲激每一个人的耳朵。憨钦仔很轻易地闻到被压得很低的,在前头引发的吹鼓班里的那面锣的呜咽。只有那一面锣和现在憨钦仔放在床下的是一类。他听着,他想着,就这样子,那呜咽的锣声忽然亮颤颤地响起来,融入过去的回忆里:

当!当!当!
打锣打这来——
通知让大家明白——
明天下午两点啊——
埼顶太子爷要找客子[32]呀——
顺时跳过火、画虎符——
当!当!当!
列位善男信女啊——
到时备办金纸炮烛——
到埼顶太子爷庙烧香参拜啊——
当!当!当!
列位仔细听哟——

---
[32] 客子:闽南方言,义子,干儿子。台湾地区和闽南地区的民间习俗,小孩子让神明收为义子,便可以躲灾避难。

不干净的有身孕的查某人㉝不可去呀——

带孝的人不可去呀——

当！当！当！

去的人每人虎符一张赠送——

拿回来贴门斗包平安啊——

当！当！当！

"要不要备办牲礼？"女人问。

"有当然更好。不过，以前没向太子爷许过愿的可以不必。金纸炮烛就行了。"

"用四果行不行？"

憨钦仔被附近的女人围起来。

"当然，四果清茶都好，但是清心上要紧。"

"还在坐月内行不行？"

"喔！月内也算是不干净啊！不行，不行。"

"你说是两点？下午的两点？"

"明天下午的两点。"憨钦仔的头忙着转来转去回答那些女人的问题。他想如果不快点走开，这些女人越

㉝ 查某人：闽南方言，称呼女人。男人则称呼为"查甫"。

围越多，一样的问题要问好几遍。他当当地把锣敲响，前面马上开一个缺口，他走了，自然有人乐于留在那里，把太子爷的消息，当着权威传达给后来的人。当！当！当！在一样的大太阳底下，暑气还在增高，过去的回忆又涌出现实，从旗布后头看出去，站在路边看热闹的人，每一个人都是那么面熟，他可真怕人看到他在举彩旗。长长地叹一口气，心里的那一股感慨，化成一块大石沉甸甸地压着。

"金钟。"憨钦仔叫他。大囊包早就不再跟他用旗布掩脸。"你看过我打锣吗？"

"见——过。当然见过。"为了不挤痛脱肠包，大囊包把双脚摆得开开地走。

"你觉得打锣怎么样？"

"我就想不通你为何要放弃打锣？"金钟侧脸看看他。憨钦仔已经挨近他碰到肩膀。"至少打锣比举彩旗神气多了。"

"你说神气多了？"憨钦仔背地露出暧昧的笑容，连看看金钟一眼都不敢。

"是啊！我实在想不通你为何要放弃？"

憨钦仔惨淡淡的笑声，更叫金钟想不通。

当当的锣声虚虚实实地飘浮在炎炎的热波中，一阵一阵向憨钦仔扑过来，一直到所有的阵头，都被留在街尾油间那里，让棺材直奔公墓的时候，和所有彩旗班的人蹲在赤榕树下休息。臭头干咳了几声说："我们全齐了。臭头、烂耳、瞎子、脱肠包，再加上跛脚的，还缺什么？"这时，憨钦仔才猛然醒觉到手上握的不是锣槌。"还有我大呆啦！嗯嗯……"大呆补了这么一句，引得大家笑得快活极了。而憨钦仔却被这团笑声孤立在一边似的，沉滞在眼前的情景所引起的创痛中，抚慰也无法抚慰地，不停地做着那失去意义的自怜。他苦恼着，心里想挣脱这种创痛，只好唾弃他们，这般的话，他们的一举一动，他们的有意孤立，总不至于引发他隐隐作痛。"一群猪都不如的罗汉脚！"他在心里咒诅着。然而他们的笑声叫憨钦仔很不自在。他举手揉揉胸脯，以讨怜的语气说：

"狗子，你们把我打伤得太厉害了，现在还痛呐。"说后还要在心里咒诅一下，"一群猪都不如的东西。"

"怎么？不是把你压跛足了？"臭头故作认真地问。

"全身都痛呐。"

"狗子,他说你头把他压得全身都痛,以后轻一点啊!狗子、火生。"说着臭头满得意地点着头,又激起旁人一阵由会意而爆出的笑声。

不管怎样,能和他们吵吵架,总比冷在一边好受。憨钦仔这里扯一个话题,那里拉一个话题,到头来都是不了了之的无趣。在慌张之余,突然想到几则黄色的歪谈,才化开了他的窘困。最后听到臭头说:"憨钦仔,鼓吹回来了,你的故事还有多长?先做一个结,下次再讲吧。"尤其是下次两个字,令他暗自欢喜。他站起来做个结说:"当然,你们都会知道,一双三寸金莲倒过来扬在草丛上,一忽而上一忽而下的,她的先生见了,心里高兴地喊:'阿蜜!我捉到火鸡啦!我捉到火鸡啦!我看到火鸡的头。'"

他们兴致未尽,虽然跟着站起来拿彩旗,尾随急急忙忙想赶回杨秀才家吃一顿的吹鼓班的后头,阿博、狗子他们几个,还想挤掉大囊包和憨钦仔排在一起,想多听一点这一类的故事。他们还一边留神臭头的颜色。

"憨钦仔。"臭头在前头回过头来,笑着说,"这几个人向来就留不住钱的,你再这么一说,明天他们还是光溜溜一个。"

阿博他们听到臭头不在意他们和憨钦仔在一起，于是大囊包被挤得直嚷："怎么？你爱听，我也爱听啊！"憨钦仔的心里又暖和起来了。他嘴巴咧得那么开，而笑得连一点声音都没有，像是这样的一张脸硬被印在阳光里一样。

噩　梦

过了一段平淡无奇的日子，正如憨钦仔自己所记得的，稻都割第二遍了，连梦都不曾有过。天天都是同一个模子铸出来似的，天一亮，简单弄一点吃吃，到茄冬树下，去吃白肉，吵吵闹闹，和和好好，心里的怨愈结愈深，仅有的几则歪谈也吐得干净，不用见他们白眼，或是听说什么，憨钦仔自己也感到，在这圈子里渐渐失去了什么，不要再隔多久，如果再这样下去，这地方有没有他都没什么分别了。他说，有什么办法？生来这一把硬骨头，叫我憨钦仔去扶拥人家的囊包过门槛。办不到！臭头算老几？给我洗脚都嫌他贱。他实在气不过了，愈想愈凝心，每次轮到帮厨，臭头他们就说他不是在额的，就往下一个跳，乐得阿博每次帮厨回来，故意在他的面前向别人说，哇！精肉这么大一块。还用手那么一比。又说，蘸一点酱油，蘸一点蒜泥，一瓶晃头，呵！真舒服！如果天天这个样嗨！谁知道？！

说着眼睛却不停地向憨钦仔勾。呸！憨钦仔想，这些猪胚养的，这一点骗嘴㉞就说，嗨！谁知道？！

本大爷打锣的日子怎么过也不到帝爷庙前的露店打听打听，一块精肉就想诱死我憨钦仔？真笑破人家的嘴。当时，一走到帝爷庙前，松根、阿森、义德他们就是憨钦仔长，憨钦仔短地这样招呼。这里叫，憨钦仔，酒已经给你温了。那里喊，憨钦仔，这里给你留一副鹅肝。哼！谁都替我做不了主，我兴趣来了，说不定想吃鲨鱼皮呐！

当当当，好像脑子里面什么时候，给装了一面锣，动不动就自个儿当当当地响。在这样的三更半夜，震颤得叫人坐立不安，耳鼓里嗡嗡地鸣着。他坐了起来，把

㉞ 骗嘴：闽南方言，形容一点微小的利益。

神经拉得细细地转动眼睛,张望乌漆黑的四周,欲瞪穿一个洞瞧个仔细。他感到紧紧地被压迫过来,而渐渐地察觉到那压迫感的来源,即是四周的空气凝成乌漆黑的硬块,将把自己冻结在洞内。困难的呼吸一波一波起伏地喘着,终于在极其复杂的情绪的深处,激起本能的惊慌,令他疯狂地从竹眠床弹跳起来,响了一阵哗哗剥剥的声音,像那凝固了的空气裂了痕,两只空酒瓶倒下来的声音,清脆地从裂痕逃遁到黑暗。他颠颠倒倒地冲到洞口,两手分开扶在两边的水泥,大声吆喝,来吧!臭头有种就来吧!统统都来吧!他的颈子吃力地支撑一直往下勾的头,一忽儿却清醒地感到外头入秋深夜的透凉,一忽儿脑海里又交叠出现茄冬树下那一伙人的脸庞,尤其是一对一对冷冷的眼睛,任凭他怎么拂也拂不去。我说来吧!你们没听到吗?有种就来吧!那一伙的眼睛,浅浅地激起笑纹贴在眼尾。

"如果你们不相信,我也没有什么办法。不过你们不要这样看我,最好你们能说话。要痛快嘛,就骂出来。"

他们懒洋洋地随便坐在那儿,只是眼睛冷冷地望着他,偶尔他们互相对视一下。

憨钦仔看着每一个人,但是他找不到,连一点的善意都找不到。

"疯彩在市场的猪肉砧下给开采的事,是大家都明白的。我只是可怜她。"他露出不能叫人了解的困惑,"这叫我怎么说?她实在是可怜的。"

其余的人都望了望臭头,臭头回他们笑脸,大家又冷眼对他,听他自己滔滔不绝地说:"我知道你们为什么疑心我,你们以为经常吃白肉时就装一盒饭菜给她,并且还偷偷摸摸地做。说了你们不会相信,我只是可怜她。"他看到他们又在用眼色交谈的神情,接着又说:"可是,我因为很怕你们误会,所以我才偷偷摸摸。我凭良心说话,我对天发誓,要是我和疯彩有染,马上叫五雷殛顶。"

尽管他说得怎么激动,将心肝都剖出来,那些人的那种眼色的交谈更显得叫他觉得不是滋味。

"我真的没做那种贱事!"他在他们那始终带着怀疑的眼色,觉得一直一层一层地被逼供着。他说:"你们一味要我承认。但是,"由于难言的停顿,一时令这些人紧张了一下。最后他羞怯地说:"如果,单单说是想的话,我,我是一直那么想,但是,一到时候,一见了她,见了疯彩,我就害怕地逃开。就说提饭去给她,去的时候也是想得厉害,但是一见了她,我就是把饭放在地上,掉头就跑。我是想她的,我是想她的。"那声音模糊而带一点泣咽。臭头他们笑起来了。他觉得还没有被相信,他再举个例,"前天晚上,很晚了,疯彩一个人走进公园,那时起码也有十一点,公园里没有人了,"憨钦仔的声音突然变得很清楚,态度非常认真,那些人的脸色,像被鬼故事的妖气惧住,凝注全神,一个字一个字不漏地听他说,"当我遇到她的时候,我实在又惊又喜,我仔细地看着四周,实在看不出有别的人。我说疯彩,你跟我到防空洞那里,我送你东西吃。她真的默默地跟我走到防空洞。我真的想她,我再看看四周,实在连一条狗的影子也看不到。"讲到这儿,他们都同时很不安地动了动身体,好像不快一点获得结果,再这样憨下去就要爆炸似的。"你们也知道,疯彩的肚子虽然挺出来了,她仍然叫人想的。我一再地注意有没有人在附近。疯彩好像也知道我想做那种事,但是她一点都不反对。我想她也需要,她是有过经验的,俗语说男畅三女畅七。当我知道附近确实没有人,我,我伸手去抓她的手臂,我像触了电似的马上把手缩回来。

我发誓,我想她想了那么久,前天晚上才第一次碰到她的身体。"那些人露出述说不够详尽的批评的颜色。他又说:"我又害怕起来了,我叫她回去,我赶她走,她不但不走,还自己走进防空洞,害得我在防空洞的草皮上,眼巴巴地挨到天亮。"臭头他们听到这里,又失望又感到受骗地表示厌恶到极点的,露出像是不屑生怒的颜色。

憨钦仔亦同样地为他们失望的表情而失望,他叫着:

"想。哪一个人不想?我相信你们也想。我单单止于想,如果说我不对,最多也是前晚只抓了她一把,但是我马上就放了手。我真的马上放了手,因为我太害怕啦!"

现在这些人,不只冷眼望他,还在缄默中明显地现露痛恶。他委屈地呼喊着:

"你们不相信,你们可以叫疯彩来问。要是我和疯彩有过什么,随你们爱怎么就怎么好啦!或是你们押我绕四城门,我自己来打锣诉罪示众怎么样?"

他们的意思由臭头从鼻孔哼了一声作为代表。憨钦仔总觉得那是很暧昧的回答。他苦恼得很,他也弄不明白为什么需要向他们做这么多的解释,他后悔把前天晚上的事说了出来,他后悔说出想疯彩的秘密,总而言之,他后悔和他们说这些话。

他沽了两瓶二十五度的晃头酒回到防空洞里,重下决心,说不去了。管他明天柯林有白肉吃,喝光这两瓶好好睡一天算了。他的心灵疲困得丧失了所有的欲望。自个儿躲在洞里,闷闷地喝起酒来,在他还没醉倒之前,叮他的蚊子,已经一只一只没吸饱他的皮囊就先醉落在地上。一盏用一节内裤带放在小碟上用一支筷子的裂痕夹着的洋油灯,一直不曾晃动地燃到碟子里的煤油断滴。

锣当当地响,耳鼓里嗡嗡地鸣着,尽管颈子怎么用力支撑头,还是要往下勾,勾到不能再勾,才能再撑延一下。同样地,尽管怎么用心想拂去那些冷眼,它还是要显现,到一个时候还是叫人感到外头的透凉。现在憨钦仔变得只能模模糊糊地吆喝。来嘛!望。望又能怎么样?有,有种的就过来。他放开一只手一挥,整个人就失去重心,往外颠出好几步,他伏在草地,口里还喃喃不断地咕哝着。公园的晚风一阵一阵抚慰着他,他像熟睡在母亲怀里的婴儿,无声无息地叫生命喘息。

一条熟得不能再熟的街道在他的面前伸展。一些面熟得失去记名的意义的脸孔,一张挨一张地沿街亮在阳光下,饥渴地等待被公开了的小镇的一件丑闻。憨钦仔在这样的面前踌躇着。手里的锣竟重得提不起来,小小的锣槌也一样地重似巨石。他脑子里忙着思索死的办法。他试想了些时,对死亡的知识与勇气竟然交了白卷。现在他似乎知道,还有比死亡更可怕的。不过这些印象还是模糊地成为一种焦虑的煎迫。他回头想求饶,但眼望着一对一对大得惊人的眼睛,瞪得叫他张不开嘴。他掉回头,觉得背后暴露在那冷冷的眼神之下,整个脊梁都抽缩起来。他想唯一的办法,只有照诺言行事了。在这紧要的关头,他还试想把诉罪腹稿改动一下。但是,不管改得怎么简单,改得怎么含蓄,也只有这么说了:打锣打这儿来,通知叫大家明白,我憨钦仔罪该万死,诱拐疯彩通奸。想到这里,真想再向他们求饶,或求死。冷冷的眼睛交逼着。他只好硬着头皮,向前把锣当当地敲响了。他大声地喊着:"打锣打这儿来,通知叫大家明白,我,我……"他怎么也不能讲下去,突然觉得难过地惊醒过来。当他睁开眼睛,脑子里还糊里糊涂的,全身亦感到虚脱。他还没弄清楚,他为什么走到森林里，慢慢地才弄明白那些横七竖八地高出他匍匐在地上的眼睛的糯米草，令他一时误以为森林。清醒过来的脑子，第一个掠过的情绪，是庆幸灾难化为一场噩梦的喜悦。但是那种喜悦短暂得叫他多了一层自怜的哀伤。

今天柯林陈大厝底有白肉可吃，听说姓陈的有十多甲地。憨钦仔不再做什么决心了。他要先到茄冬树下去。他在路上想，他们不相信就不相信，反正"树头站乎在，不惊树尾作风台㉟"。他们那种人怎么会知道我憨钦仔？他们以为我完全和他们一样。笑话人家。

就于昨日被臭头他们冷眼的事，已经不再计较了。他联想着柯林陈大厝的十多甲地，金黄的稻谷，一大堆的钱，丧事的铺张，白肉的桌上，厚厚的零用钱。如果偶尔掠过臭头他们的印象，只要心里一句脏话，也算应付过去。拐过南门桥，他又看到茄冬树的华盖，想到树下，吐一口痰。呸！

㉟ 树头站乎在，不惊树尾作风台：闽南俗语，大树的根扎紧扎稳了，就不怕树尾台风大作。意思要站稳根基，才不怕外界影响。

无尾虹

"啊——"狗子像是将他们的话,想做个总结说:"龙游浅水遭虾戏啦,虎落平原被犬欺啦!"

"什么话?!"阿博跳起来叫,"这么说你是承认他是龙是虎啦?我们是虾米是狗?不会比喻就不要讲,你才是狗,谁跟你!"

其他人看着阿博点点头,也有人连连说:"就是,就是。"

"唉!何必呢?那又何必?我是暂时在这里是嘛。"大囊包金钟学憨钦仔的口气,嘲弄地说着。他看看臭头,看看别的。他很少这么高兴过,好像过去在他们面前就没做过一件对的事情。这次他说完了,不但没听人骂他大囊包,还看到别人为他的话乐成那种样子。"我说暂时,就是暂时,知道吗?"

"不要嘛,不要暂时啦,就留着吧。"狗子马上演戏似的插嘴说。

但是,金钟说完不叫人讨厌的话,已经高兴都来不及,根本就不懂得和狗子做答嘴戏㊱。他抱着膝盖得意地前后摇动。狗子心里有点急。火生在狗子的话,还没死掉接头的时间,接着学憨钦仔说:

"不行,不行。我说暂时就是暂时,我不比你们。"他把憨钦仔讲话时的几个小动作学得十分,引得大家都笑起来。这些人还时时望望憨钦仔,看他有什么反应的动作,像憨钦仔那里有什么磁力断断续续地吸着,叫他们显得不能自主地来回望着。

憨钦仔自己一个人坐在原来他们一直在一起的地方,而现在这些人却故意离开他,聚集在隔他三四棵茄冬树的地方,讲些话想逼走憨钦仔。他们的话没有一句不穿过他的鼓膜,深深地扎在心头。他想他完了。唯一的办法就是不管他们欢不欢迎他,死赖活赖赖着不走,看他们拿他怎么办?明知道很不体面也罢了。每一阵从那边涌过来的笑声,诱发他的好奇心想回头看个究竟时,他总是在使劲僵挺那似乎不听他指挥的脖子,尤其是只听见叽里咕噜一阵,"半个话粒都捡不着地"㊲,

---

㊱ 答嘴戏:闽南方言,斗口、舌战的意思。
㊲ 半个话粒都捡不着地:闽南俗语,意思是没有一句话讲得清楚。

突然爆笑起来的时候，他之用力连脖子亦感到酸痛。他把自己尖尖的下巴，压在两个膝盖峰靠在一起的中间，叫自己好奇不得。他真不知道怎么去应付这种境遇，有几次被他们的话激得真想跳起来臭骂他们一顿走了算。但是，连自己也莫名其妙地不知为什么跳不起来，臭骂不出来。他还是那个样子，动也不敢一动地蹲着，屁股、腿、背脊等地方都已经酸麻了，渐渐地只剩下脑子里清醒地充满了懊恼。他下定决心，如果再听到令他难受的话和笑声，这一下子真的要走。就在他刚这样下定决心之后，只听见狗子的声音说什么"孵蛋"。那边的人竟笑得死去活来。他刚下的决心才落地冒着热气，他马上自言自语地说："我才不傻呐！走？正中你们的意思。我就不走，看你们怎么样？"他把膝盖抱得紧紧的，生怕自己不听话，把下巴也压得紧紧地，闭着眼睛用很大的精神力量，抵着什么使自己感到困乏到极点，而胜利的畅快也一阵一阵烫着那创伤的心灵，令他更有勇气挣扎，令他更加疲惫，同时令他无意识地陶醉在悲壮的英雄感，在原来的地方执着。

又是一阵连刀带枪般的笑声，向他戟过来。他想：会不会笑我没有骨气？管？！我不走又怎么样？没有骨气就没有骨气吧！不！走了才没骨气。对！走了才没骨气。他把膝盖抱得紧紧的，把下巴压得紧紧地，闭起眼睛，耳朵里当当地鸣着锣声，每一条街，每一条巷，没有一张冷漠的脸孔，没有一对冰冷的眼睛。他觉得喉咙像嘶喊后的干渴，同时发觉松开的手，左手像提锣，右手像握锣槌，微微地晃动着。他即刻制止了这无意识的动作，眼望着左手的大拇指，笨拙地抚摸着曾经一直提锣，而被锣绳磨得结一层坚厚的角质皮的食指的内侧。他除了苦笑，真是无言以对。

　　臭头这一边，对憨钦仔的排斥，虽然一直站在主动的优势，然而，看到憨钦仔外表上的态度那么泰然地执在那里，不为他们的言语所动，因而他们的心里和憨钦仔一样，胜利与挫败的两种情绪，一直在交错变换。所不同的是：一边先由优势出发，一边由劣势发展，而弄成这种在自己的心里同等错综的僵局。这一点，反而憨钦仔能处在较为冷静的地位，检讨自己在这种环境里，到底怎么从人缘很佳，而到目前落到这种境地。臭头他们今天施了半天冷嘲热讽，不见憨钦仔有丝毫受损，无意间，他们的话愈说愈没兴趣，但亦没有人想做个结，而就顺其自然，让自己的兴趣渐渐地偻伏下来。虽然这种情形，并不趋落的整齐，即使狗子、火生、阿博几个仍热衷讥讽别人为乐。但是，他们的话，再也激不起其他人的心波荡漾了。于是，自己也渐趋于低落。不过他们还是不放松憨钦仔的，除了明显地孤立他之外，还在每个人的心中，无形地酝酿另一种方式，到时候再加诸憨钦仔。至少在他们的谈话间，憨钦仔已没有听到那令他不安的爆笑了。

孤零零地执在那里的憨钦仔，突然在心里头，又翻起另一种新的浪涛，叫他不安。

他想如果现在有人来办丧的时候怎么办？是不是跟着去？不去嘛，又何必蹲在这里修行？站起来臭骂他们一顿走了不痛快？跟着去嘛，又不知道这些罗汉脚的狗心肠，会施出什么诡计为难？左思右想始终不得一解。他心里真怕就看到有丧家到对面办棺材。至少今天不要发生。他默默地祈望着。

一枚茄冬叶旋着飘到憨钦仔的跟前，他像遇到很熟很熟，熟到可以略去所有的客套，有时间就理，没时间就随他的朋友似的。懒懒地望了望它，随着伸手把它拿过来衔在嘴上，用舌头舔弄，而眼睛的焦距落在茄冬叶，成了一对斗鸡眼，硬按在那一副困乏得松虚的脸。

他想到他今天的境遇，早在杨秀才死的那个时候，就种下了祸根了。不过，主要的还是疯彩的关系最为直接。首先就有些误会，到后来疯彩的肚子鼓出来以后，情形开始恶化。那真是笑话！他想，大呆就可以，我为什么不可以？何况我只是想想而已。大呆那抿着嘴的嗯嗯笑声，一时使他分辨不出，是从哪边传过来，或是自己脑子里的错觉？

大呆嗯嗯地笑着，"不要嘛，狗子。耳朵裂了。"

"你说！你和疯彩干什么事？"

"不要嘛。干什么事？"大呆结结巴巴地说，"我，我给疯彩，给疯彩放一泡尿，一泡尿而已嘛。"狗子放开大呆的手，和别人只顾捧腹大笑一场。后来，这一伙人要向大呆寻开心时，只要一手抓住大呆的一只耳朵，一边问他和疯彩干了什么事，大呆就说只是放了一泡尿而已。再到后来，有人一把抓住大呆的耳朵，还没开口问，他就自个儿地说了出来。

有一天，臭头劈头就问：

"憨钦仔，你真的没和疯彩来过吗？"

"我？"憨钦仔先愣了一下，接着笑嘻嘻地说，"我只是放了一泡尿而已。"

其中先有一两个人扑哧地笑了一声，但眼看臭头和一些人的脸孔都板起来以后，后头跟着来的笑声也都给闷死了。本想开个玩笑的，哪知道就从那一天，憨钦仔完全被孤立了。

疯彩的肚子，已经成了小镇里绝大部分人，尤其是妇女们的话题，憨钦仔着实很怕自己的名誉被牵连在一起。因而忍着那一股莫名其妙的痛楚，不再送饭菜之类的食物给她了。但是疯彩见了他仍旧那样痴痴地笑着。原来衔在嘴上的茄冬叶，不知在什么时候，被自己在嘴里嚼成一团，生涩的茄冬叶汁，一次一次地被吞进肚子里。他想，一点也不知觉地想：倘若疯彩肚子里的那一块肉是自己的，哇！那可真是的，我憨钦仔下油锅也情愿，我有一个孩子什么苦头都该吃。那个没良没心的婆子，只要她有一点点的良心，阿辉也有二十出头了吧。有什么好结尾？讨那个汉子杀人，真是现世报。一点也不错，恶有恶报，善有善报，不是不报，日子未到。憨钦仔所有心里的冤屈都被熨平了。除了凄凉的孤独感之外，对那边传过来的噪音，已不再关怀。讨活的事，天注定了的。谁阻碍了谁，谁就受天罚。他深信着这个报应，他想臭头他们以后自有应得的报应。一时变得宽舒的心怀,被零碎的回忆激起伤感,冲洗得净化而失去挣扎的力量。此刻,他的身心才真正地休息着。

"憨钦仔——"一个很陌生的声音,就从臭头那边传过来。憨钦仔好像猛醒过来,回头往那里看,只见狗子将下巴往上一翘,用鼻子尖指着他,向一个穿着整齐的男人说:"那不是?"所有的人和那陌生人,都顺狗子的鼻尖的指向,望着憨钦仔。憨钦仔的心里多少有些惊吓。那个男人跨在脚踏车上,只用脚向他这边划过来。

"憨钦仔,你还打不打锣?"

憨钦仔简直就不敢相信自己的耳朵,他惊喜地站起来,半躬着身躯,两只手不知怎么好地,一下子放后面,一下子放前面,他小心地问:"你是说——"话没说完,那人显得不耐烦地叫,"你到底打不打锣?"憨钦仔急得一直说:"是是是,呃呃呃!"虽然还不明白这个人的来意,也不敢再问个清楚。

"下午两点你到公所来找我,有事要你打锣。"那人烦躁地说:"要你打三天。"

"是是是……"憨钦仔一个是一个点头,一直点到那个人不见。他想起来了,说到公所,怪不得这人才那么面熟，以前公所有什么通知，都是这个人交差事给他的。"我这个头壳也真是的，连这个人也给忘了。"他目送着去远了的影子，那种绝处逢生的感激与喜悦，使他有点变曲一些时日的背脊，一点一点地像豆藤在夜里挺长起来。在这精神的状态中，丢失一段足够旁人感到烦闷时间，突然嗅到异样的空气，而叫他意识到背后的一大束目光，然而，他的脊梁已不再觉得冷缩了。他干咳了几声，把那些目光反弹回去，然后转过脸，扫他们一眼。想不到一直忍受他们，怕触怒他们，迎合他们的气焰还不算的他们，在现在他看来，却像一摊死灰，有几个人的眼睛，不由己地一眨一眨，憨钦仔像作呕，嘴一张开，积压已久一直没消化的怨气，一团一团地吐出来。

"怎么？看！看不识？要看嘛就看个饱。你们这些啃棺材板过一辈子的罗汉脚，我可和你们不同！"说着把两边的袖子拉得高高地，两根棍棒样的胳臂在腰间，摆一个稻草人的架势，突然想到刚讲的话，也把自己骂进去了，所以他说："你们别以为我也是罗汉脚，我马上就娶疯彩怎么样？！放一泡尿就放一泡尿，怎么样？！我爱怎么放就怎么放，你们又怎么样？！你们只有吞口水过瘾的份儿。"然而,他的心里还是有几分怕他们,怕什么自己不能确知,所以他好像是本能的,和他们保持原来隔三四棵茄冬树的距离的警戒。

臭头他们都愣住了!像一时不小心给人撞碎了什么贵重的东西,不知怎么收拾才好。并且在此刻,真正感到啃棺材板的活是有些不体面的(在这之前,似乎没有过),但这印象只是淡淡地掠过脑际,不经比较的意识,在每个人的脸上,显露出自卑的颜色,亦全属于本能的自卫,去求对方的悲悯,好逃过什么灾难。

娶疯彩?憨钦仔自己暗暗地吃了一惊,这话怎么说?他想向自己和他们解释,"我⋯⋯"支吾了半天,我我地我不出话来。后来一心急干脆就说:"我憨钦仔讲话算话,说暂时就是暂时,我没有你们的狗牙啃棺材板。"尽管他骂得多痛快,刚说了娶疯彩的话,却哽在心头放不下。他实在怕他们把这句话,当作下贱拿来反击他,边说:"我当然不会娶疯彩。我是说我娶了她,你们又能怎么样?!"但是,一说出不会娶疯彩,心里却马上又另生一种不安起来。他想娶就娶嘛!生的过瘾,养的施恩。生的有别,养的才是爹,管他是谁的种子。

那一伙人，只有大呆是独来独往，不管这圈子里发生什么天大地大事，他还是爱嗯嗯地闷着声音笑就笑。但是此刻再也挑不起其他人的笑意了。

憨钦仔心里想，不能不赶快回去准备一番。锣面锈了，也该用灰磨了，锣槌恐怕找不着了，找到了的话，布头一定稀烂。然而，心里十分不甘心这么便宜就放过这些人，他愤恨地想再骂他们几句。他想了想，说：

"以后有空就到我那里来吧，多的我办不到，喝喝老米酒，抽一根烟，总不至于有问题。来！大家真的来，我憨钦仔等你们。"

他的目的是想反嘲他们一下，这时看到臭头他们，脸露窘色，心里也高兴起来。他清脆地吐了一口痰，轻盈地一转身，像一尘不染地走了。他心里还想，以后真的办得到的话，在帝爷庙前的露店请他们吃一顿丰富的，然后每个人再送一包黄壳子，看他们难过不难过。

当当当的锣

"喂！该醒醒了吧。"他探身到床底下，端出当着杂盘子用的锣。仔细一看，"唷！看你睡了多久了，还有壁虎干呐！"两只眼睛端详那只死壁虎深陷而只露两点小小的白眼珠的眼窝，小心地从盘子里拿起一根铁钉子，将死壁虎挑到地上，然后把盘子里的东西，倒在床底下弄成一堆。这时，他真正地拿到一面生了青青的铜锈的锣，心里头颤然不已。他一会儿面、一会儿背地将锣翻过来翻过去，一再用手抹去尘埃，吐一点口水在锣面，用手指搓搓看，一边把弄着一边走出洞外。在阳光下，他重新仔仔细细地端详，用手指和口水擦搓的地方，微弱地耀着悦目的金光，他想象到金晃晃的锣，而经常萦绕在脑子里的锣声，又在耳膜里震荡。"当，当，当，打锣打这儿来……"他默默地在心里念着，"再过好日子给他们看看。真岂有此理，凭什么看不起我？"他一手拿着一把防空洞上的糯米草，沾着从焚化炉取回来的灰，小心翼翼地磨光锣面，因为这面锣提起来的下方，有两条裂痕。虽经过锻琢，使裂痕开一粒米大的口，使颤响的时候，不发生裂片摩擦，而影响锣声的悠扬。对这面锣的两条裂痕,他的印象犹新。妈祖生的那天,游境才回来就留在炉主家吃起来。那天晚上一定喝了不少,不然锣怎么会掉在一块踏石上?从憨钦仔开始打锣,他就不曾让锣掉过,提锣的绳子差不多一个月就换一次的。他一面擦锣,时而咒诅一两句,只有他自己知道,什么被他咒诅。锣亮起来了,那失落的日子,悄悄地回到他的身边,那么熟稔,那么叫他精神焕发起来。他回忆着过去,为了锣面的两条裂痕,怎么斟酌腕力抡起锣槌,恰到好处地点着锣,那声音仍然和完整的时候一样美妙,一样悠扬,而不叫裂痕增长些许。他知道这两条裂痕的进展,将在中央的地方交会,那时差不多有五分之一的三角形的铜片将掉落下来。过去他一直提防这个结局,今后他同样需要这般提防。他回味着,手腕痒痒的不由己地动了动。他很清楚地看到自己的脸映在锣面,他向自己笑笑。

"唉!糟糕!"憨钦仔抬起头看到有一个人站在身旁看他,他心里紧紧地扣了一下,"现在是几点啦?"

"我不知道,刚刚从市场那里来,我记得看到公所的钟是十一点半的样子。"

"有多久?"

"我才从那里走过来的。怎么？你还打锣？"

"我不打锣谁打？"

"什么事打锣？"

"当然有事情！你回去叫大家注意听。"他看到另外有一个年轻人，从那里走过来。

他站了起来，大声地叫："喂！什么兄！"年轻人转过头，"什么兄，你可知道现在是几点？"

"我不知道。"他摇摇头。"我要回去吃中饭。"

"吃中饭？那应该是十二点左右吧。"他自言自语地说着。心里也宽多了。

他回到洞里，拿了一团布和旧锣柄，又出来洞口的阳光下，做一根锣槌。每当他感到一段时间过去，他就向打那儿经过的路人问时间。一根锣锤的布团才编完，他已经问过三个人了。他觉得时间过得太慢了。一时找不到苎麻捻绳子做锣耳，他想到裤带子的鸡肠带子，还是前不久才穿的，一定管用。他回到洞里，将披在床头的另一件黑布裤子上的带子抽了出来用。

他想他该吃饭了。但是一点也不觉得肚子饿。他也曾想过茄冬树下的生活，想过疯彩，想以后的日子。不过这些思想都被两点的时间意识，给斩得支离破碎。在两点未到公所见到那个人之前,脑子里就不能真正地想些什么。他准备一点半钟到公所去等那个人,不,一点钟更稳!

憨钦仔很早就来到公所的门口,在那里徘徊着,一个一个看回来办公的人,他的心里有些急,眼看差不多所有公所的人都来了,怎么还不见约他来的人,想到里面问一问,却害怕得厉害。"憨钦仔!"突然背后有人喊他,回头一看原来就是那个约他来的人。他一再地向那人说,他在一个钟头以前就来了。那人毫无表情地叫他跟着进去。

"你都准备好了?"

"早就准备好了。"

"锣没带来?"

"我马上就拿来。"

"免了!"叫他来的人,一直就那么没有什么表情的,而令人感到有点不耐烦似的和憨钦仔讲话。憨钦仔很小心地提防着什么,连呼吸也不敢用力喘气。"这一面东西,"那个人指着写满了字靠在墙上的旗,其实就是用铁皮做的。"你就扛着一边打锣。这上面写些什么意思你知道吗?"他的眼睛第一次正视憨钦仔,憨钦仔强露出笑容，难为情地摇摇头。"好吧！你就说今年的房捐税和综合所得税，到月底全要缴齐。"

"是，是。我知道，房间税和……"

"什么房间税？啧！又不是到旅馆开房间，"他禁不住也笑了，但马上又收敛起来，带着不高兴的颜色说，"房捐，不是房间。"

"呃！房捐，房捐。"憨钦仔咬得很吃力。

"对了！房捐，嗯！"

"请问……"憨钦仔的目的是讨好而小心的，"我要不要缴房捐税？"

"我怎么知道？你有没有房子？"不耐烦地。

"我住在防空洞，在公园里面的。"

"那你缴防空税好了。"他抿住嘴忍住笑。

"什么时候？"

"唉，啰嗦！你好好打锣，免你缴吧。"

憨钦仔发窘地笑了笑："从下午开始连着三天，你要多少？"

"没关系啦！"

他想做个牺牲当饵都无所谓，希望以后能继续找他才要紧："免了吧。随你算好啦！"

"那不行。"

"和以前一样就好啦。这半天不算。"

"以前？"他稍一思索，憨钦仔拿起旗子扛在肩就要走。"噫！等一下，等一下。讲什么你记得吗？"

"知道。今年度的房捐税和综合所得税，到月底全部要缴齐。"

"房捐，不是房间啊！记住。好吧，就去打吧。"

憨钦仔哗啦哗啦地扛着铁皮出去。那和举彩旗的心情完全不同。他觉得人的生活境遇太妙了，运气不来就像遇到一团死结，愈想解开愈是紊乱，然而运气一来，就像魔术师变把戏，喊一二三，千头万绪一下子就理得条条是道。

他想一个人的运气一生没有几次，这次非牢牢地把握住不可，只要打锣的效果比喇叭车的效果好的话，不怕没有人来找。他想经他这两天半的打锣催缴，到了月底要全镇的人都缴齐："我知道这些人的心理，他们想能拖就拖，能免就免。这种不见棺材不落泪的人，一定要好好地哄吓他们才行。"

在北风未到以前，二期稻割后的太阳，是一只咬人的秋老虎。憨钦仔扛着字板，提着锣，莫名其妙踌躇了一下，像一个爱游水的小孩，站在陌生的水边，衣服都脱了，只差那一点勇气，结果什么时候，怎么跳进水里，连自己都不知道。出了公园的大门，向街上走去，他不断地提醒自己，一定要打好。另外还回味刚刚试了一阵子，自觉得适当的腕力敲锣。一来到北门街，他真分不出心里的感觉，到底是兴奋，或是惶惑，或是其他什么的。许多路人，没听到他打锣，只见他的模样，就驻脚观望。憨钦仔将通告在心里复诵了几遍："房捐税，不是房间税，房捐，房捐……"

当他第一脚踏到柏油路，第一声的锣也响了。但是他吓了一跳，暗自叫一声糟糕，马上把锣压在身上，免得让过于用力打了锣，叫它自己的颤动给裂痕震得展出新痕。见了他这样惊慌的路人，很不能了解他的意思。他想着那适中的腕力，把锣槌抢得高高的，却停在那里放不下。他慢慢地让手垂下来，又体会了一番，斟酌了一下。当当当，三声锣声响，虽然点得轻了些，也叫了不少人从屋子里走了出来。

"打锣打这儿来——
通知叫大家明白——"

他深深地吸一口气,他发觉自己干吗这么喘着?

"今年度的房捐税——"

停了一下,他想他没说错,又说:

"和综合所得税——
到月底要全部缴齐——"

他对自己的这种讲法很失望。他想以前就是这样子讲坏了的,这些人不哄吓他们,缴税好像是缴税,他们才不理睬。

小镇的人,重新看到打锣的又出现,以好奇的成分居多。憨钦仔看了这热闹的情形,心里不无高兴,但是他此刻的脑子里,忙着思索更好的说词。一直聚皱在一起的眉头突然展开了。三声令他满意的锣声响后,他感到稳稳的,而大声叫嚷起来:

"打锣打这儿来——
通知叫大家明白——

今年度的房捐税和综合所得税啊——
到月底要全部缴齐——
要是没缴的啊——
这个官厅你们就知道——
会像锯鸡那样地锯你们——"

很多路人听了他这么说,大家都笑起来了。憨钦仔马上连连敲了三响锣压了那笑声说:

"笑?——缴完了才笑——
千万不要铁齿㊳——
不信到时候看看,要是我憨钦仔讲白贼㊴——
我憨钦仔的嘴巴让大家捆不哀㊵——

他想了想,这还差不多。打了半辈子锣,像今天这种情形,还是破题儿第一遭。他所走过的地方,听众就沸腾起来,听众笑得越热闹,他的来劲更大,心里也禁

㊳ 铁齿:闽南方言,顽固不化,愚昧,听不进别人的建议。
㊴ 白贼:闽南方言,说谎。
㊵ 不哀:闽南方言,不哭不叫。

不住暗地欢喜。这种场面看喇叭车有什么办法！没有我憨钦仔打锣哪里办得到。这样的日子从脖子给拴牢，过一辈子好日子给臭头他们看看，不叫他们看了难受一辈子才怪。这个怨仇是可以现世报的了。请他们吃一顿丰富的，每个人两包黄壳子都给得起。

　　走了半条北门街的店铺，总共才说了五次，背后却尾随一群好闲的人。他们想多听几次那么好笑的话语。憨钦仔回头看了看这些热心公益的人士，觉得什么都壮起来了，他想这样的声势，等一会儿打茄冬树经过的时候，看他们做何感想。他也几分知道，尾随他的人的动机，脑子又忙着思索一阵，他认为那些该说的话并不十分重要，重要的是他自己想出来的说辞。噢！有了！从心里冒出惊喜，三声锣已那么熟练地敲响。该说的一字不漏地都说了。好像把房捐又说房间，管他房捐或是房间，就是那么一回事就对了。接着要说的才是重要。另起了三声锣响：

　　"要是到期不缴的啊——
　　这个官厅你们都知道——
　　会像锯鸡那样地锯你们——"

他听到群众喧哗而雷动的笑声，一本正经地警告着说：

"大家没有锯过鸡，也见过别人锯过鸡，那不是好玩的事吧——
到时候要是我憨钦仔骗了你们——"

当当当。又敲了三响锣。

"我憨钦仔的头让你们砍下来当椅子坐——"

他得意扬扬地拂去口角的泡沫，心里想这个赌咒下得重，捆嘴巴怎么能和砍头比？

就这么说了。现在想起来，他以前多笨，只会一字不漏地照雇主的意思说了就算交差，如果早就能像今天这样，除了说出该说的话以外，自己能再动动脑筋想一些话加上去，也就不会落得到茄冬树下啃棺材板，还受那一群猪的气。扛在肩上的铁皮字板，神气是神气，但是比彩旗重多了。竹竿和肩骨逆在一块，实在难受。他换过来右肩，挡了右侧个脸。当他放眼望去，不远的左边的店铺，挂一面圆圆的烧漆板，写一个"酒"字。他即刻意识到那是石头的店，他想马上把字板换回左肩，然而，才恢复不久的信心，说服了自己，说有锣打了还怕什么？石头那里欠的又不多，他才不像仁寿不通人情。仁寿，看他现在又会怎么样？欠钱能还他，我们是客人呐！虽然胆子又壮起来，多少还是有点顾虑。两只眼睛一直望石头的店。没起几步已经到了石头的店铺的前面，他看到石头，先打了招呼："石头，晚上和你清了。"说着装着很忙的样子，立刻别过头，其实心里害怕着，就在那里停下来，将锣敲了。该说的说了，赌咒也立了。路旁的笑声，一次比一次壮。他强扳自己的头看看石头。嗨！心里都宽起来了，石头到底不是仁寿，那长相就是好商量的人。他想着。与其说他在想，不如说是在计划，疯彩、歌仔戏、老米酒、露店、臭头他们……一进一出，脑子里实在忙不过来，汗水不断地流着，两边袖子交替地拂拭都湿了。他已经尽了力了，但是一点也不觉得累。又走了差不多二十多间店铺，正想停下来敲锣，一声极刺耳的"嘎吱"，拖了一点尾被斩得齐齐的，一道黑影闪过来，定神一看，一部脚踏车拦截他的去路，原来跨在车上的就是公所的那个人。

"憨钦仔!你马上停止,马上回公所。"那个人的神色十分愤怒,话才说完用力一蹬,车子又回头走了。

憨钦仔像触电似的,傻了瞬间,看他回头走的时候,才极力地呼叫,想让车上的人听到:

"怎么回事?我打了,我打了,我不但打了,还打得很出色——"那声音尖得有些破裂。那人的影子消失在来路的人潮里。憨钦仔整个人都瘫软下来,他喃喃地向在他身边哈笑的人说:"我打了,我打得很出色是吧。你们,你们随便哪一个人都可以作证。我打了……"以后他再呢喃的是什么,围近他身边的人也听不清楚。憨钦仔就站在那里,头垂下来了,眼也垂下来,提锣的左手勾住字板的柄,和拿锣槌的右手,也像要坠下来的水滴,全都垂下来了。好奇的人,一层一层地围着他,肃然的气氛从里面向外围渲染出去。憨钦仔茫茫然地拖动沉重的脚步向前移动,前面的人马上让开去路。没走几步,憨钦仔突然停下来,叫人意外地提起锣,抡起锣槌,连连重重地敲了三下,一时失去斟酌,第三响的锣沉闷地噎了一声,一块三角形的铜片,跟着掉落在地上。憨钦仔似乎什么都不知道。他疯狂地嘶喊着:

"打锣打这儿来——

通知叫大家明白——

今年度的房间税和综合所得税啊——

到月底全部要缴——"

他的声音已变成哀号,他挣扎着要一个字一个字说得很清楚。但是他不能:

"要是到期不,不……"

他的声音已经颤抖得听不清什么了。但是他的嘴巴还是像在讲话,用力地一张一闭,到后来连声音都没有了。只是讲话的口形,叫人从中可以猜出,他一直在说"我憨钦仔……我憨钦仔……"。

原载一九七〇年二月《文学季刊》第十期

溺死一只老猫

阿盛伯只留一个名字,
什么都没有了。

小地理

　　这县份在本省算起来是偏僻的,省府把它列为开发地区。街仔就是这个县份里的一个小镇,人口大约有四五万。年轻人在自己的县境里,在乡下人的面前,总喜欢挺着类似自负的胸膛,表明自己就是"街仔人",年纪稍大的就比较懂得谦虚,最多露着某种优越感的笑容点点头。乡下人也总喜欢把女儿嫁到街仔的事情,用很大的气力告诉在旁的朋友。虽然听者的耳膜被震得发浊,他们还是觉得应该。要是他们也有个出息的女儿(他们这样想),能从田舍嫁到街仔;当然,要是儿子从街仔娶个媳妇回来,那更使他们感到光荣,不管以后的生活变得怎么,至少开始的时候,同样是兴奋得大声说话。

　　街仔距离大都市只不过七八十公里,交通方面火车也好,汽车也好,都非常方便。每天来来往往的人还不少,最多四个小时就可以往来的路程,当天去办完事,当天就可以回来。因此,很多大都市的流行,街仔人还算跟得上。迷你装也在此地的小妹的膝盖上二十厘米的地方展览起来,阿哥哥的舞步也在此地年轻人的派对里活跃。年长的一辈也在流行一种怕死的运动,如早觉会之类的对身体健康有帮助的。前不久有人在清泉村发觉了泉水塘有不少的小孩子在游泳时,这些在社会上稍有名气而肚皮逐渐肥大起来的男士,每天早上天一亮就骑车去泡泡泉水。后来他们发现自己的皮带孔,一格一格地往后缩的效果后,去的人便比以前多起来了。同时大家都去得很勤,可以说是风雨无阻。后来他们不只是去泡泡泉水,至少都能踢几脚像是在游泳那样。这些人有的是医生,有的是银行的高级职员,也有律师、学校校长、议员、大老板等等。这地方扶轮社的会员几乎都参加,除了戴维和汤姆;他们一个是装义腿的,另一个是先天性的佝偻。

清泉村这个名字的由来,就因为村里有一口两分多地大的、属于水利会的泉水塘而得其名。其实清泉村里随便在哪里挖它三四尺至五六尺深,就可以得到一口泉涌不断的带有微微甜味的清水。这里六十多户人家就像冒出地面来的泉水那样淳朴,更像泉涌不停的泉水那样勤勉地耕作着四十多甲田地,还有鼓仔山的山坡地。这里的水田向来没有旱象,但是好多年来此地仍然是一个穷乡僻壤的地方,这也就是淳朴的主要原因。这里离开街仔只有两公里半路,因为在山边,从街仔来的路有些坡度,再加上没通车的关系,街仔人总觉得清泉是很远的一个地方。

天掉下来了

当年盖祖师庙时才种在旁边的榕树,经过六十多年后,六分的庙地都被树荫遮盖了一大半。而那长年累月都在荫影底下的红瓦屋顶,长出一层茸茸深绿的苔藓草。

另一半在阳光下的,还可以看出颇有年资的红瓦来。因为这个缘故,他们都直接地叫清泉祖师庙为阴阳庙。这个变化的过程,一直活在村子里的阿盛伯他们四五个老人家,就是看着这种变化衰老过来的。当时他们攀吊在运盖庙的红砖的牛车后面,还挨了牛车夫的藤鞭哩。现在村子里只有他们最老了,每次庙里的祭拜,都是他们几个人在主使村子里的人怎么去做;其中以阿盛伯为主要的领导人物。一年当中是遇不到几次祭拜的,在其余漫长的日子,几个老人就聚集在庙里的边厢,冬天时把门带上,每人提着小火笼子烘暖,夏天就把门打开,凉风必定从边厢经过,把象征着此地的虔诚的乌沉檀香的香火带到天上去。他们大部分都是谈论着过去,纵使是反复的,他们还是不厌其烦地陶醉在早前与贫苦挣扎的日子;过去的总是叫人怀念,尤其他们几个,在这晚年的时日,也只有这些才叫他们觉得骄傲,明天谁都没有把握,说不定明天自己就不来庙里了。可不是?去年还有七八个,只有一年的光景,就走了一半。本来门槛内左侧的石墩是天送伯的位子,现在它已经失去坐着温暖了的微温,变得冰冷透心了。天送走后,火树伯来拣这个位子坐了一天,当天晚上天送就到火树的床头给他托梦,并愤怒地向他讨回这个石墩的位子。从那天起火树伯的肛门就生了痔疮。这件事情是整个村子里的人都知道。火树伯的痔疮后来搞得很惨,吃了几十种药,敷了几十种药,连坤田家的祖传秘方都不见效，最后火树伯才听几个老朋友的劝告，拖着半条命，由家人抬到天送的灵前烧香道歉，阿盛伯却以老大的身份，在灵前责骂了天送一顿说：天送，你生前很明朗的，为什么做了神以后变得这样气短？你、我、火树，咱们大家都是穿开裆裤子时就在清泉长大的老朋友，为了坐了你的石墩，你就忍心折磨他半死，其实那石墩又不是你的，那是庙里的，那是祖师公的……当时在场的很多村人的脸上都骇然失色，像是天送伯就真正在场接受火树伯的道歉，也在挨阿盛伯的责骂一样。说也奇怪，一个礼拜后，火树伯的痔疮竟然痊愈了。但是两个月后，突然好好的死了。那当然这个石墩就没有人再敢在上面坐了，在清泉村人的心目中，这个石墩已经有了一个专有的警戒名词——痔疮石。

除非有重大而不可抗拒的事情，这几个边厢闲谈老人是不会无故缺席的。虽然现在只剩下他们四五个，也只有这四五个人谈起话来才不用解释，并且兴趣和话题都是相通的，所以吃过午饭以后，到庙里闲谈的事，已经变成了他们生活的一大部分。

这天下午，牛目伯、蚯蚓伯、毓仔伯、阿圳伯都来了，只差阿盛伯还没有来。平时都是他来得最早的，就算是迟到，三点多钟了也应该来啊？他们几个心里惶惶的很不习惯，不管谈什么话题都中断了。

"他没怎么样吧？"有人不安地说。

"早上我还看到他牵牛在圳沟墘吃草哩。"

"那里，早上我也在圳沟墘放牛，就没见到他。你顺着圳沟到下尾去，我倒看到了。"

"啊！对，不是早上，那是昨天。"那人马上承认自己的健忘。

"会不会生病？"

"我想不会。昨天还好好的。早上我在圳沟墘放牛，还遇到他的大媳妇抱一大堆衣服去洗。要是他生病，她也会告诉我啊！"停一停，"她什么都没告诉我。没什么吧。"

"那就怪！失踪了？"牛目笑了笑，但是马上又收敛起来。大家沉默了好一会儿。

"对了！"蚯蚓突然叫起来，"前天他不是说要到街仔择日馆看日子，想择一个吉日改灶吗？他说他家的灶，柴火烧得凶。"

"哈哈——我想起来了。"阿圳咧开嘴笑了一阵才说，"我这个头壳坏了啦，和田底石头一样，应该拣掉!早上就是他要上街仔的时候,我们才在井边碰头的。"

"真的?"

"一点也不错,就是田底石头一个!"毓仔伯半玩笑地骂着。

"但是去街仔择日也该回来啊!"

"会不会死在半掩门仔的床铺上?"蚯蚓打趣着说。

"真的那样就好啰——老啰——"

"你也不年轻。"

"是啊!我是说我们都老啰——不对?"

阿盛伯没在,在他们里面就像是缺了酵母似的,大家谈得并不很投机。以往的话题大部分都是由他引起。慢慢地,在凉风的吹拂下,他们都纷纷打起瞌睡来了。

西厢边的这棵神树——就是大榕树,正是结籽的六月,每一颗榕树籽都熟透得发紫,稍稍一碰就落地跌碎。树下铺满了一层碎开的树籽,发出香甜而又略带酸的霉味,叫人闻起来并不讨厌。一群灵活的小毕罗,在这枝丫在那枝丫地,像矫健的手指在琴键上弹奏一连串的顿音那样地跳跃着鸣唱。树籽成了一种快活的旋律,

"啪嗒啪嗒"地落下来。蚯蚓带来的两个六岁大的双生孙儿，每个人各骑一只门口的石狮子，手抱牢石狮子的脖子也都睡着了。

阿盛伯从街仔急急地赶回来。他心里不停地焚烧着，越想快一点赶回清泉，越感到路长，像有什么和他在作对似的，他心里咒诅着：那清泉不就完了吗？我绝不让他们这样做，绝对不能。快点回去告诉他们。他两步并一步地赶，坤池的田过去就是哑巴的田，再过去是红龟的，红龟的田过去就是龙目井和清泉国校分班。阿盛伯来到龙目井这口天然大泉井的时候，还特地抄进来看看井和四周的环境，且愤恨得自言自语地说，要是真的让街仔人这样做，清泉的地理都完了。这未免太恶毒了！这是天大地大的事，他们竟敢打这主意！他急急地掉头就向庙里跑。

阿盛伯一跨进祖师庙的西厢就大声地嚷起来：

"嗨！我看困鬼还能缠你们多久。"

他们都被这不寻常的叫嚷惊醒过来，再看到阿盛的模样；除非是什么重大而不幸的事情发生，否则那贴在脸中央的半边红莲雾果是绝不褪色的，看那样子，两个鼻孔还不够他喘气，半开着的嘴唇颤得很厉害。

"鬼奸着这么大声嚷！"蚯蚓被吓醒而有点恼怒，但他马上看清阿盛的神色和平时不同，转口气打趣着说："我们还以为你在后街仔的半掩门仔不回来了呐。"他本能地用手拂去睡着时淌下来的口水。

"什么事这么晚才回来？"阿圳问。

阿盛一下子瘫在竹椅子上，当背碰到靠背的刹那，又弹跳起来坐着说：

"我们绝不能让他们这样做！这样我们清泉不就都完了吗？"他把手一摊开随即真的瘫下来了，那样子像是他尽了最大的力气说了这句话。

他们几个互相望了望，蚯蚓性急地说：

"怎么搞的，你这个老头！即使你带回来什么坏消息要我们像你这样难过，你也应该说清楚啊！是不？没头没尾地来一句'完了！'就躺下来，谁知道发生什么事？"

几只注意着蚯蚓的眼睛又集注着阿盛伯。

阿盛长长地叹了一口气："街仔人想来挖掉我们清泉地的龙目。"他的话使大家愣住了。

"这怎么说？"

"就是每天早上来池塘游水的那些人，他们筹集了三十万元，要在我们井边做一个游泳池。"阿盛看到刚刚紧张地愣住了的他们，现在反而显得没什么的样子，心里又变得急恼，"怎么？你们不关心这件事吗？"

"做一个游泳池有什么不好？"阿圳说。

"怎么没有什么不好？！第一，伤着我们的地理。你要知道，清泉村所以人杰地灵，都是因为这口龙目井的关系。我做小孩的时候就听我祖父这么说的。"

"是啊！这个道理谁都知道，但是做一个游泳池在井边有什么关系？"

"所以说啊！牛目你不要埋怨别人笑你憨。你想想看，那个游泳池的水都是靠马达从井里抽水，要是水一下子被抽光了，龙目就枯了怎么办？清泉不就完了吗？"

大家又互相望了望点点头。

"是啊！这可严重。"牛目说。

"你们都忘了？大风台那一年，不知道谁丢一捆稻草在井里，结果我们整村的大大小小都眼痛，幸亏那一次丢的是稻草，要是撒了一把刺球子，清泉人都死光了！"阿盛看到他们脸部的表情开始罩上困扰，心里才升起一种应该的沉重的满足，"所以说，"这是阿盛最爱拿来做开头或是肯定结果的话的三个字。"龙目里装一个马达在里面我们怎么受得了!"

"你的这个消息当真?"大家的目光都集注到阿盛,他们不但深信这个不祥的消息,心里已开始蒙上一层深沉的忧虑,但是他们边寄望着否定的可能,而由蚯蚓伯这样问。

现在阿盛原来负着这消息回来的重负,由大家的分担,使他显得安舒了许多,他说:

"不知在什么时候,他们拿了这里的水去化验,结果认为这里的水太好了。傻瓜,清泉龙目井水当然好,还化什么鬼验。但是水好并不是要他们来做游泳池啊!"

"那我们必须极力反对到底!"毓仔伯过于激动地说,连口沫都溅到别人的脸上。牛目用平淡的动作将对方溅过来的口沫轻轻地抹掉说:

"那当然,那当然,我们绝对反对!"

毓仔伯也举手抹掉他脸上的什么。

"还有一个理由,你们要知道:当游泳池开放的时候,那些来游泳的街仔人,不管是男的女的,只穿那么一点点在那里相向,谁知道他们脑子里在想什么。我们清泉向来就很淳朴很单纯的,这么一来不是教坏了我们清泉的子弟?把我们清泉都搞浊了嘛!"

阿盛看到他们默默地点着头又说:"所以说我们很有理由反对。"

这时一直沉默在愤怒中的阿圳伯也提出一个理由说:

"再说,让龙目看了这些不正经穿衣服的男女也是不好的,这样地龙整身都会不安起来。"

"对啊!那我们有三个大理由了,想想看,还有什么其他的理由我们好反对。"

蚯蚓冲动得跳起来说:

"还要什么理由!这三个理由已经就等于天掉下来了!"

就在这个同时,蚯蚓伯的孙子有一个从石狮子上掉下来哇哇地哭叫起来,而他最后嚷的"天掉下来了!"这句话巧得就像因小孙儿跌下来而叫的。

民权初步

村民大会的晚上,向来就不曾参加开会的这几个老人,倒很早就来到谢村长晒谷场临时布置的会场,坐在最前一排板凳上等着开会。

因为全村的人都知道这晚的村民大会是这几个老阿伯等不及的,其实也是他们急切地等待着要知道反对在龙目井地方建游泳池是不是能够生效。所以来参加开会的人反常地踊跃。一家人有的来了好几个都有。当会场已经挤满了村民的时候,指导机关和列席机关的人员都还没到。谢村长把家里收音机正播放的歌仔戏节目开得很大声。本来这种会在这些人总是觉得没什么意义的,要不是有那么规定每一户必定派一个人参加,在开会前盖个章,开会后又盖个章证明到席,那是不会有人参加的。结果这次不然。他们觉得真正需要这个会来解决他们的问题,而这问题又是一天一天紧紧地压迫过来。每个来开会的人心里都有些激动,要是再经过激发,就会成为一股狂潮的趋向。阿盛伯他们屡屡回头看看紧挨在后头的村民,脸露着笑容点着头表示欣慰。没有任何时候使他们几个像这天晚上感到这种安全感,至少在这个时刻村民都同他站在一边，内心的优越就如面对着什么敌人都不怕而高喊着："来吧！逃走是狗养的！"牛目对几个老兄弟说：

"喂！不要老让年轻的认为我们老了没用，晚上咱们老人家表现给他们看看。他们都同时点了点头表示干。"

村干事把旗子挂好以后就不见了，后来村长也不见了。本来预定七点半开会，时间过了二十多分钟，村民也没什么表示，他们听《陈三五娘》的歌仔戏节目正听得津津有味。快八点的时候，收音机突然中断，群众的心亦突然顿挫了一下，村干事和村长就从房子的正门走出来，两人都有点显得像跑了一段路而喘息。群众里面有人喊着要开会，村长站到一只箱子上面，有点口吃地向群众说马上就要开会，希望大家安静。村干事还不时转头看看路口那边，最后一次他看到路口那里有人影走过来，他兴奋得喊来了来了，所有的村民也转过头往路口那边望，有的还站起来，害得就要走进会场的一批人，忽然止步，站着观望了好一会里面的动静，才慢慢地一步一步地走进会场。村长赶快跳下箱子，跑过去一一和那些人握手，然后引他们走进会席。乡长竟然也来了,使村民感到意外的是,除了刘巡佐以外还来了五位陌生的外地警察,巡佐的脸还是和平时一样地露着笑容,而那五位陌生的警察的脸色就不大对劲,另外还有三个穿西装手拿扇子的绅士,而那三支纸扇子都是相同的;后来经村长的介绍才知道都是特别的来宾。等他们坐定位子的时候,已经是八点三十分了;今晚什么都反了常似的以前都是他们先来等村民。村干事看到三个绅士当中的那个胖子点头以后,就拉开嗓子喊:村民大会开始——在还没接着喊主席就位,蚯蚓伯就碰阿盛伯的肩膀要他上来说话。阿盛伯真的一下子就站起来一边喊着说:"我有话要说。"村干事为了要保持开会的程序不受打岔,有意不理阿盛伯的话,而把下一句的口令更大声地喊:主席就位——但是阿盛伯看到台上没人理他,于是他叫村长的名字说:喂!鸭母坤仔,开会前我就告诉你我今晚有话要说嘛!这时候很多人忍不住都笑了,连那五个脸绷得紧紧的警察也赶紧笑了一下。谢阿坤村长在台中间转过脸向阿盛愤怒而无可奈何地瞪了他一眼。阿盛还以为鸭母坤仔错怪他,所以他又接着说:"真的嘛,我明明和你说了嘛!"又引起一阵哄笑,村干事立刻走过来,把嘴凑近阿盛的耳朵,阿盛说右边不行,你到左边来。村干事就在阿盛的左耳低声地说:"你知道吗?那个胖子是一个大人物呐,你不能开玩笑扰乱开会呐!"阿盛伯很不高兴这种威胁,又大声地嚷:"什么?我开会说话叫扰乱开会?"村干事很尴尬地又凑近他的耳朵客气地说:"你误会了我的意思了,等一下我们要你说话的,现在还没到你说话的时候,那时候我一定会告诉你好吧!"阿盛伯点了点头还是很大声地说:"我怎么知道还没到说话的时候。"他用力碰蚯蚓一下:"都是你叫我起来说话!"蚯蚓也大声地说:"我怎么知道!两个差点吵起来。"村干事马上打圆场说:"好了好了,你们有话留着等一下我请你们发表。"他们的情形一直引起村民的好笑。阿盛伯在每次激起群众的笑声时,就要回过头去巡一下发出笑声的这些脸孔的表情是不是还是和他站在同一边,结果每一次都好像受到鼓励,而他就越变得带憨带粗[①]起来了。

村长的那一段普通话的开场白使这几个老人感到十分不满,因为他没听懂鸭母坤仔在说什么。接着那三

[①] 带憨带粗:闽南方言,表示装傻。

个绅士也都上台说了话,但这在老人家的眼里只是一连串难耐的比手画脚而已,乡长和村长是一样的,最后连巡佐也上台说话了。阿盛伯以为还要等那五个警察都说完了话才会轮到他,他埋怨地向蚯蚓说:伊娘哩!坐都坐驼了背还轮不到咱们说话。再没等多久,村长请阿盛伯起来说话之前,用本地话说明了一段,说刚才主委已经说得很详细,为了清泉的发展,各方面热心促成在井口建游泳池的事,就要付之实现,希望本地方的人要配合完成。有了游泳池以后,这里还要通车,分班又要独立,清泉很快地就会繁荣起来。听了这些话,台下没有一个村民鼓掌。阿盛终于站起来了,一阵热烈的鼓掌声跟着掀起,他回过头看看村民,面对着台上先以挑战式的口吻发表了一篇声明。他说:"请你们回去告诉街仔人说清泉的阿盛伯说的,他们要游泳的话,请回到家里的浴盆里游泳去吧!"这句激动的话,不但引起爆笑,同时赢得了雷动的掌声,阿盛伯自己也莫名其妙地怀疑哪来的灵感。接着又说:"不要妄想在清泉建游泳池,清泉的水是要拿来种稻米的,不是要拿来让街仔人洗澡用!"鼓掌的声浪把他老人家的话扬得更激昂:"清泉的人不稀罕通车,我们有一双腿就够了。我们只关心我们的田，我们的水……清泉的地理是一个龙头地，向街仔的那个出口，就是龙口，学校边的这口井就是龙目，所以叫龙目井，清泉的人从我们的祖公就受着这条龙的保护，我们才平平安安地生活下来。今天居然有人要来伤害龙目，清泉人当然不会坐着不理。"他回过头问村人说："对不对？"所有的村民兴奋跳跃起来。台上的人心里都暗暗地惊讶阿盛伯的煽动能力。牛目侧过身来向阿盛伯说："老家伙，是不是祖师公找你附身做童乩？"阿盛伯说："我不知道。我一直觉得脑筋很清楚嘛。"

会完后，阿盛伯被村长请到村长家的大庭和几个特别来宾见面，他们的话都由村干事来翻译。主委很钦佩地向阿盛伯说：

"老阿伯，我真佩服你说话的口才。"

"哪里，你们过奖了，我是没读过书的，连一字是一横也不知道。"

"没有读书能有这么好的口才更是了不起。"

"不敢当不敢当，见笑见笑。"阿盛伯说，"孔子公说的话我倒听人说几句，那就够我用了。"

主委和旁边的人交谈了几句，阿盛伯就问村干事他在说什么？

"他说你很能说话啦。"干事又替他们翻译。

"不要那么说，我只是据理说话，老老实实以理论理，情理是愈辩愈明。真金不怕火，你说对不对？"

"老阿伯，我有一句话要问你，请你老实讲，到底你为什么会这么勇敢，并且这么极力反对这件事，在背后是不是有人唆使你这样做？"

阿盛很不高兴地一下子就回答说：

"没有！"

"那么你为什么要这么激烈地反对呢？"

阿盛伯毫没有考虑地且骄傲地说：

"因为我爱这一块土地，和这上面的一切东西。"

第一回合

顺发营造商标到这一座长五十公尺、宽二十五公尺的游泳池工程，第一天就在清泉村遭遇到困难，他们在村子里找不到一个临时工来挖土。第二天他们才从别的地方雇来了五十名的男女工人来挑土。阿盛伯他们几个整天执在工地和营造商的人周旋,结果招来了警察的干涉,他们都受到触犯法律的警告。阿盛伯心里觉得很是不满,为什么别人来侵犯我们的行为会受到法律的保障,而我们的正义却刚好相反触犯法律?他们几个老人纷纷回去发动了一批男人,每个人手里都握着棍棒或是劈刀,往工地这边赶过来。工地这边的人见了这情形,丢下了扁担和簸箕就跑离工地。阿盛伯带来的这一批人,把散乱在工地的这些工具集成一堆,放了一把火就把它烧了。火猛烈地烧着,这批人围着火光,心里一股胜利的喜悦令他们感到新鲜的光荣,不一会儿他们的外围又围来妇孺的村民,对他们的敬慕,而使他们也不觉得那英雄姿态的昂然,无形中溢出来。在人群里面的阿盛伯大声地说:逃走了就算了,就算他好狗命。光让他们看清泉村的颜色,看他们以后是不是还来动这里的一根草。这时只听外一层的人叫来了来了,在还没来得及看清楚之前,十多个武装的警察,乘一部消防车已经赶到了。警察迅速地跳下车,一下子就刺进人群的核心,再向外推展分割开群众,这些农夫们都被缴械了,然后一个一个地送上车;这一连串过程就像演习那么顺利。

阿盛伯却自动地跟着上了车,一起被送到街仔那里的分局去了。原地还留几个带械而脸带笑容的警察,安慰着其他村人要他们安静地各自回到家里去。

　　事情经过村长和乡长多方的奔跑,营造商方面说,只要能保证事情不再发生,并保证工地的工作人员的安全,他们很乐意和解。当晚很晚了,他们才有计划地被放了出来。每一个人似乎都受了很大的惊吓而脸都缩了。回到清泉后,这种紧张的情势仍然没有消减,他们心里始终牵挂那份留在分局的口供笔录和指模,不知以后还会有什么麻烦的事情发生。这种顾虑的恐惧心,反而回到家见了大小之后跌得更沉。现在他们确实感到懊悔不及,再怎么想到龙目或是整个清泉也激不起一丝力量来反抗,甚至于有人连隐藏在意识里的意志也没有了。想起来他们自己也不明白,当时怎么会那么冲动,只听阿盛伯吆喝一声,大家一窝蜂地就跟着涌上去。但是他们诚然不知道,阿盛伯正为他们敢为着清泉挺胸出来而感到骄傲。虽然他以祸首的名分被拘留在所里过夜,他仗靠着心里那份安慰,倒使他的态度显出一种宗教性的安之若素。从他把热爱清泉的意念付之于行动之后,他多多少少察觉到自己的变化,他不再觉得自己没有事做了。而这件事情是比自己更重要，没他别人不可能去做，也可以说一种信念寄附在阿盛伯的躯壳使之人格化了的，无形中别人也会感到阿盛伯似乎裹着一层什么不可侵犯的东西。以往那些俗气在他的身上脱落，且和一般人形成崇高的距离；这在熟悉阿盛伯的人，或和他认真谈过话的人都有这种感觉。阿盛伯自己就觉得自己说话完全和以前不同了。每一句话说出来都是让自己那么惊奇，好比说有人特别来想改变他的观念，问及清泉的水有多好？阿盛伯的眼睛就露出神奇的光彩，仿佛看到另一个世界地说：要是你能和鱼说话的话，你问我们清泉里的鱼好了。不然你看看清泉的鱼那种快乐样子，你即可以得到正确的回答。那不是我阿盛告诉你的。这种语句不但他自己，连在旁的人都有点迷惑。而能察觉到自己的变化的那份感觉力，却逐渐地减去，那简直微妙得出奇，忠于一种信念，整个人就向神的阶段升华。阿盛伯大概就是这种情形，已经走到人和神混杂的使徒过程。

　　半夜，阿盛伯被人请到另一个较为宽阔的房间，一踏进门就发现那晚村民大会来列席的贵宾，就是坐在中间的那个胖子。他们都对阿盛伯很客气，让他坐在一张桌子前面的藤椅子上。有人替他倒茶，送香烟，他们想替他做笔录。这之前那胖子向阿盛伯做了一番解释，说分局并不是拘留你，只想让老人家冷静冷静。事情本来很单纯，但是散播迷信煽动群众差点闹出流血案件的事，是法律所不许可的。由于老人家的动机纯良，这边愿意把大事化小事，小事化没事，希望老人家回去好好抱孙享福。阿盛伯冷冷地谢了一番，就开始回答做笔录的口供。

"你叫什名字？"

"许阿盛。"

"今年几岁？"

"闰年不算七十九了。再活也没有几年了。"

在旁的人都笑了。其中有一个人说：

"那你应该好好享受享受晚年啊！为什么还要管闲事？"

阿盛伯很轻松地说：

"因为我知道我再活也没几年了，现在有闲事不管，以后就不再会有机会了。"突然改变严肃的口气："闲事不闲事，那要看什么人在看这件事。我，我不以为然。"

问口供做笔录的人赶紧接着问：

"你为什么要反对在清泉建游泳池？"

阿盛伯把三大理由说了出来，还做了不少的补充。

"你为什么要聚众滋事？"

"我听到，清泉在那么多人为了建造游泳池，每抛一下锄头落在它身上的呻吟，我一个人无力挽救，只好找清泉的人集合起来阻止他们。"

"你知道你这样做会构成什么罪吗？"

"这和关系着整个村庄的地理有关系吗？"

"我希望你只回答我所问的问题。我再问你，你知道你这样做会构成什么罪吗？"

"我不知道。"

"……"

"……"

天快亮了，阿盛伯的精神仍然很好。他们悄悄地用吉普车把他送回清泉。

陈大老的孙子

　　工程积极地进行着,阿盛伯已经失去了村人行动上的支持,他孤独而焦灼地苍老了很多。虽然家人骗他离开清泉到台北亲戚家,但是因他对抽水马桶的陌生和隔阂,当晚他肚子里逼着一股内压回到清泉,一进家门连话都没说就直冲到猪圈里的茅房。几个老友对这件事消极起来。眼看游泳池的工程一天一天积极地进行着,他想要是不趁早阻止,就算土挖好而被他阻止成功,那时候填土才是麻烦的工作咧,想了想,他现在不再直接去阻止这项工程了。他想应该用间接的方法找人事关系,能找一座泰山来个压顶,什么事情都能解决。可是以阿盛伯的条件,根本就不可能有什么大人物之类和他有任何交情。在失望之余,他忽然想到陈县长来。他还记得很清楚,陈县长在竞选时,冒着大汗来到清泉,曾经热烈地和他握过手,口口声声拜托拜托,并且答应他说:要是他当了县长,以后他有什么困难都可以找他解决。陈县长的运动员也说:只有选他做县长才是明眼人,因为他是不会开空头支票的。阿盛伯不但自己投他的票,他还义务叫别人投他的票。那时他一直感动于他自己粗俗的手被一只肥大而细腻的手实实地握住的感觉。

　　对！我怎么不去找陈县长呢？他曾经答应我有困难可以找他。陈县长的祖父在清朝的时候叫陈大老爷，我祖父以前就是陈大老的佃农，早前巡抚来点兵查粮的时候，祖父、父亲他们都要去充临时兵员的，只要我见了陈县长说出我们以前也是你家的佃农，他就会领情吧！阿盛伯想到这里又找到一线希望。第二天上午，他换了一身干净的衣服，到街仔的县政府找陈县长去了。

　　好容易闯了几关才摸到县长室的大办公厅门外，他看四周的气派，心里暗自欢喜一番。县长毕竟是一个大人物，这么不容易找，又是在这么严肃的地方，一定管很多人。

　　只要他一答应还怕什么事情不成？门外的小姐告诉他说县长在里面开会，叫他最好下午来。他说他愿意等他开完会。他可以说是等得很开心，因为他认为愈不容易见的人物一定是伟大的。

　　最后终于见到县长了。他行了很深的礼，而没见到县长的回礼，小姐在外面已经告诉过他，说县长最多能和你谈十分钟的话，所以他听了之后心里有点焦急。十分钟要谈完这件事到底要从何处谈起？他想应该先让陈县长知道一点人情关系。县长请他坐下来,他开头就告诉县长说:我们许家早前也是陈大老的佃农呐!他满怀着希望想看到县长领了情的表情。结果他只听到县长从鼻孔哼了一声,低着头翻阅红卷宗里面的一大沓公事。这使阿盛伯愣了一阵,好一会儿,县长才抬头鼓励他说话。他说话的时候,县长还是埋头在公文堆里,一张一张机械地翻一张盖一个章,这样,连看都不必看,因为太多了连盖章就需很久的时间,等阿盛伯把主要的话都说完了,在等县长的回答时,县长还忙着盖章。对这件事县长的印象是土地和工程的纠纷,所以他考虑要交给哪一部门去处理,社会课呢?民政课呢?建设课呢?还在考虑中县长就按铃叫小姐进来,然后小姐把阿盛伯带到建设课去了。

结果阿盛伯在建设课闹了一阵笑话碰了一鼻子灰,再也摸不到门路应该去找哪里才适合。他疲倦地回去清泉,对陈县长的偶像都幻灭了。他在路上还不断地反复着咒骂着说:"那就是陈大老的孙子,要是让陈大老知道了一定会流目屎②的!"

---

② 目屎:闽南方言,眼泪。

猫不是狗

　　从阿盛伯失去村人行动上的支持以后，他的信念亦不能完全付之于行动。刚开始的那种宗教型的人格就渐失掉了。当游泳池完全落成的那一天，他也完全恢复到以前的鄙俗了。许多人围在游泳池的铁丝网外，看着里面嬉水热闹的情形。很多村子里的小孩子向家人吵着要一块钱去游泳。年轻人应该到田里去工作的，有很多人把锄头放在一边，望着里面的奶罩和红短裤在那里构想而出神，这些阿盛伯都看在眼里，心里十分难受，他一边受痛苦的煎熬，一边在游泳池外徘徊了一阵。最后他疯狂地闯入里面，大声地叫嚷着说："要脱嘛就干脆像我这样脱光！"说着他真的把身上的衣服都脱了。小姐们被吓得吱吱叫着爬上来，男孩子们却笑着拍手鼓掌。这时候阿盛伯来一个倒瓶式的姿势，跳入深水的地方去了。他连狗爬式都不会，等很久没见他浮上来的时候，在场的人才不觉得好笑。当两个小姐急忙跳下去把他拉上来，那已经迟了一步，阿盛伯只留一个名字，什么都没有了。

笑　声

　　出殡那一天，阿盛伯的家人要求游泳池关闭一天；阿盛伯的死到底是为了这座游泳池。出葬时棺材必须经过游泳池的门口。管理游泳池方面的人答应了，同时在门口还横披着一块大黑幕。但是，当棺材经过游泳池前，四周的铁丝网还是关不住清泉村的小孩子偷进去戏水的那份愉快的如银铃的笑声，不断地从墙里传出来……

　　　　　　　原载一九六七年四月《文学季刊》第四期

鱼

傍晚,山间很静。
这时,老人和小孩瞬间里都愣了一愣。
因为他们都同时很清楚地听到山谷那边的回音说:
"——真的买鱼回来了。"

"阿公，你叫我回来时带一条鱼，我带回来了，是一条鲣仔鱼呐！"阿苍蹬着一部破旧的脚踏车，一出小镇，禁不住满怀的欢喜，竟自言自语地叫起来。

近一米的大车子，本来就不像阿苍这样的小孩子骑的。开始时，他曾想把右腿跨过三角架来骑。但是，他总觉得他不应该再这样骑车子。他想他已经不小了。

阿苍骑在大车上，屁股不得不左右滑上滑下。包在野芋叶的熟鲣仔，挂在车上的把轴，跟着车身摇晃得相当厉害。阿苍知道，这条鲣仔鱼带回山上，祖父和弟弟妹妹将是多么高兴。同时他们知道他学会了骑车子，也一定惊奇。再说，骑车子回到埤头的山脚，来回又可以省下十二块的巴士钱。这就是阿苍苦苦地求木匠，把搁在库间不用的破车，借他回家的原因。

沿路，什么都不在阿苍的脑里，连破车子各部分所发出来的交响也一样。他只是一味地想尽快把鱼带给祖父。他想一见到祖父，他将鱼提得高高地说："怎么样？我的记忆不坏吧。我带一条鱼回来了！"

"阿苍，下次回家来的时候，最好能带一条鱼回来。住在山上想吃海鱼真不便。带大一点的鱼更好。"

"下次回来，那不知道要在什么时候？"

"我是说你回来时。"

"那要看师傅啊！"

"是啊！所以我说回来时，带一条鱼回来。"

"回来？回来也不一定有钱。"

"我是说有钱的时候。"

"那也要看师傅啊！"

"他什么时候才会给你钱？"

"是你带我去的。不是说要做三年四个月的徒弟不拿钱吗？"

"没错，我们是去学人家的功夫。你还要多久才能学会自己钉一张桌子？"

"钉桌子还不简单。早就会了！"

"那你不应该再是学徒啊！"

"三年四个月还没到呐！"

"呃呃！你去多久了？"

"还有一年半的时间。"阿苍叹了一口气，

"嗯——好像一辈子都不会完似的。"

老人家马上警告他说：

"嘘，年纪小小的不应该叹气！"

"为什么？"

"不应该就不应该。"停了一下，老人家又说，"这样子命会歹的，千万记住。"

"阿公。"阿苍稍微抬头望着老人。

"哼？"

"心里很难过的时候，叹叹气倒是很舒服呐。"

老人呵呵地笑起来。

"你在笑什么？"

"样子倒没看你长大，讲话的口气却长大了不少。"

"那是真的！叹气以后就觉得很舒服很舒服。"

"不要走那边边。这个拐弯地方，前天山脚下的店仔人，上山来讨钱，不小心才滑了下去……"

"有没有怎么样？"阿苍探头往那底下看。

"怎么会没怎么样，竹子刚砍不久，每一根竹头都像鸭嘴，滑下去全身扎了二十几个伤，腿还折断了一条呐！好了！不要多看啦。这个拐弯的地方，一向就不是好东西。"

"谁欠他们钱?"

"山顶的人哪一家不欠山脚下的人的钱!"

他们默默地绕过那个凹弯处。

"你到哪里?"

"没有啊。我送你到山脚。"

"不用啦。我自己会小心。下次回来,我一定带一条鱼。"

"那最好。不过没有也就算了。有时候遇到坏天气,讨海人不出海,你有钱也没鱼吃。"

"希望不遇到坏天气。"

走过一处隘口,老人让小孩先走。他在背后望着阿苍说:

"苦不苦?"

"有什么办法?师傅家什么事都要我做,连小孩子的尿布也要我洗……"小孩的咽喉被哽住了。

"那么你师母做什么?"

小孩摇摇头没说话。

"呸!有这样的女人!"老人安慰着小孩说,"没有关系。你不是忍耐过来了吗?"

"开始时你就叫我忍的。"

"那就对了。你必须做个好榜样。你的后面还有弟弟和妹妹。"

阿苍不在意什么地眼望着山坡。他看到羊群在相思林里吃草。

"我们的羊怎么样？"

"喔！我们的羊真好。"

"多养几只嘛！"

"我也这样想。"

"快让它们生小羊。"

"我也这样打算。"

"养那么久了，老是三只。"

"三只都是公的嘛。"

"公的真没用！"

"要是全母的也是没有用。"

"我想我们多养几只羊，以后换一套木匠的工具。"阿苍随手在路边抽了一根菅蒿。

"小心你的手。菅蒿是会割伤手的。"老人忙着转过话来，"你要木匠的工具了？"

"哼！"小孩说，"我不但会钉桌子、橱子、门扇、眠床、木箱我都钉过。"

老人愉快地说：

"好！我多养几只羊让你换一套工具。"

"什么时候？"

"不要急，阿公马上就做。用我两只公羊去和山脚他们换一只母羊就可以开始了。"

"要快一点。我快做木匠啦！"

"所以啊！"老人珍惜着说，"目前什么苦你都得忍耐。知道吗？"

"知道。我要忍耐。"

过了相思林，他们都看到远处的埤头停车牌子。他们沉默下来了。当他们真正踏到平地时，老人说：

"吃得饱吗？"

"……"

"他们打你吗？"

"……"

"怎么了？不说话？"

小孩低着头饮泣着。

"不要哭了。要做木匠的人还哭什么？"

小孩摇摇头，用手把眼泪挥掉："我没哭。"但是他还是不敢把头抬起来。

"喏!你还是听阿公的话,把这一袋子山芋带去给你的师傅吧。说不定他们会对你好一点。"

"不要!"

"还是带去吧。"老人让肩上的一袋子芋头滑下来放在小孩的跟前。"袋子不要忘记带回来。"

"不要!他们会笑的!"

"这是我们这里最好的山芋呐!"

小孩抬起红红的眼睛望着老人摇摇头。

"好吧!"老人气愤地说,"我宁愿把最好的山芋喂猪,也不给碰我的孙子的一根头发的人吃!"

"阿公你回去啦。"

"好!我就回去,我站在这里休息一下。你快点到车牌那里等车。"

小孩走了几步,被老人喊住了。

"你真的不想把山芋带去给他们吗?"

"我想免了。"

"说不定你下次回来,他们会买鱼叫你带回来。"

"我会带鱼回来的。"

"你过来一下。"老人自己也走近小孩,"有一次阿公担了几十斤山芋到街仔卖了钱。我就到市场想买一条鱼给你们吃。车子来了没有？"

"还没。"

"车子来了你就告诉我。你知道，鱼是比一般的菜都贵的。那一天，我在卖鱼的摊位，不知道绕了几十趟，后来那些卖鱼的鱼贩也懒得再招呼我了。但是，我还是转来转去，拿不定主意来。你知道我为什么？"

"想偷一条。"

"胡说！"老人把腰挺起来，"那才不应该。这种事千万做不得。我死也得让他饿死！"他又弯下腰对小孩说："因为鱼很贵，并且卖鱼的鱼贩子，每个人都像土匪，他们不是抢人的秤头，就是加斤加两的。阿公又不懂得，才问他们鱼一斤多少钱，他们一手就抓起鱼，用很粗很湿的咸草穿起来称。你要注意车子喔！来了就告诉我。"

"还没有来。"

"所以我不断绕鱼摊，一方面看鱼，一方面看哪一个鱼贩的脸老实。最后我在一摊卖鲣仔鱼的地方停下来，向那个女的鱼贩子挑了一条鲣仔鱼。我还一而再、再而三地说，要她称得够，千万不要欺骗老人。

她还口口声声叫我放心。结果买了一条三斤重的鲣仔鱼，回到家一称，竟相差一斤半！"老人的眉头皱得很深，"一担山芋的钱，才差不多是一条三斤重的鲣仔鱼的钱……"

"车子来啦！我听到车子的声音。"

因为把腰哈得太久，老人好不容易才把腰挺直起来，跟着小孩向路的那端望车子。

"只听到声音那没关系。"

"说不定是林场的车子。"小孩兴奋地说。

"那更好。不就可以搭便车了吗？"停了一下，"等一等，我说到哪里了？"

"你说一担山芋的钱，差不多是一条三斤重的鲣仔鱼的钱。"

"你都听起来了？"

小孩点点头。

"他们抢了我一个担头的山芋，这种人简直就是土匪。害得我回来心痛好几天。说老实话，我一直到现在还不敢走进市场的鱼摊呐！"老人长长地叹了一口气。"唉——山上的人想吃海鱼真不方便……"

"车来了。"

老人眯着眼望着。

"在那里。灰尘扬得很高的地方。"

"大概是车子来了。好吧,你快点过去。阿公不再送你了。我就站在这里休息一下。"

"我走了。"

"阿苍,不要忘了——"

"带一条鱼回来。"小孩接下去说。

老人和小孩都笑了。

"阿公,我没忘记。我带条鱼回来了。是一条鲣仔鱼呐!"阿苍一再地把一种类似胜利的喜悦,在心头反复地自语着。一路上,他想象到弟弟和妹妹见了鲣仔鱼时的大眼睛,还想象到老人伸手夹鱼的筷子尖的颤抖。"阿公,再过两个月我就是木匠啦!"

咔啦!"该死的链子。"阿苍又跳下车子,把脱落的链子披在齿轮上,再用手摇一只踏板,链子又上轨了。从沿途不停地掉链子的经验,阿苍知道不能踏得太快。但是他始终会忘记。当阿苍拍拍沾了油污和铁锈的手,想上车的时候,他突然发现鱼掉了。挂在把轴的,只剩下空空的野芋叶子。阿苍急忙地返头,在两公里外的路上,终于发现被卡车辗压在泥地的一张糊了的鱼的图案。

懊丧的阿苍,被这偶发的事件,折磨了两个多小时,他已不想再哭了。回到山上,远远就看到祖父蹲在门口,用竹青编竹具。他没有勇气喊阿公了。他悄悄地走近老人。

老人猛一抬头:"呀!你什么时候回来的?"

"刚刚到。"说着就走进屋子里面。

老人放下手上的东西,想跟到里面。但是从他想站起来到他伸直腰,还有一段够他说几句话的时间。

"阿苍,你回来时在山路边看到我们的羊了没有?"老人没听到他的回答,"就在茅草那里,你弟弟和妹妹都在那里看羊。我替你办到了,你就快要有一套木匠的工具啦!"

阿苍在里面听了这话,反而心里更觉得难过。

"阿苍,你听到了我讲什么吗?"他一面说,一面走了进去。他还是没听到阿苍的回答。"你到底怎么了?像新娘子一样,一进门就躲在里面。"他到卧房,到工具间,再转进厨房才看到阿苍把整个头埋在水瓢里"咕噜咕噜"地喝水。

"噢!在这里。带鱼回来了没有?"

阿苍还在喝水。

"这几天天气不好,市场上不会有鱼的。"老人明知道这几天的天气很好。"不能以我们这里的天气为凭准。海上的天气最多变了。"

阿苍故意把脸弄湿。他想,这样子祖父就不知道他哭了。他把湿湿的脸抬起来说:

"有鱼的!"

"鱼呢?"

"我买回来了。是一条鲣仔鱼。"

"在哪里?"

老人眼睛搜索着厨房四周。

"掉了!"

"掉了?"

"掉了!"阿苍不敢看老人的脸,又把头埋在水瓢里。他实在不想再喝水了,一点也不。

"这,这怎么可能呢?"老人觉得太可惜了。以前买鲣仔鱼被抢了秤头的那阵疼痛又发作起来。

但是阿苍没了解老人的意思。他马上辩解着说:"真的!我没有骗你。我挂在脚踏车上掉的。"

"脚踏车?"

"是的,我会骑脚踏车了!"阿苍等着看老人家为他高兴。

"车呢?"

"寄在山脚店仔。"

"挂在车上掉的?"老人一个字一个字说得很清楚。

阿苍完全失望了。

"我真的买了一条鲣仔鱼回来。它掉在路上被卡车压糊了。"

"那不是等于没买回来?"

"不!我买回来了!" 阿苍很大声地说。

"是!买回来了。但是掉了对不对?"

阿苍很不高兴祖父变得那么不在乎的样子。

"我真的买回来了。"小孩变得很气恼。

"我已经知道你买回来了。"

"我没有欺骗你!我绝对没欺骗你!我发誓。"阿苍哭了。

"我知道你没欺骗阿公,你向来不欺骗阿公的。只是鱼掉在路上。"他安慰着。

"不!你不知道。你以为我在骗你……"阿苍抽噎着。

"以后买回来不就好了吗?"

"今天我已经买回来了!"

"我相信你今天买鱼回来了,你还哭什么?真傻。"

"但是我没拿鱼回来……"

"鱼掉了。被卡车压糊了对不对?"

"不!你不知道,你不知道。你以为我在骗你。"

"阿公完全相信你的话。"

"我不相信。"

"那么你到底要我怎么说?"老人实在烦不过了,他无可奈何地摊开手。

"我不要你相信,我不要你相信……"阿苍一边嚷,一边把拿在手里的葫芦水瓢掼在地上,像小牛哞哞地哭起来。

老人被他这样子缠得一时发了莫名火,随手在门后抓到挑水的扁担,一棒就打了过去。阿苍的肩膀着实地挨了一记,赶快夺门跑了出去,老人紧跟在后追。

阿苍跑过茶园,老人跟着跑过茶园。阿苍跑到刺竹丛那里,急忙地在五六尺深的坎,跳到回家来的山路上。老人跟到刺竹坎上停下来了。阿苍回头看到老人停下来,他也停下来。他们之间已经拉了一段很远的距离。

老人一手握着扁担,一手挂在刺竹,喘着气大声地叫:

"你不要再踏进门。我一棒就打死你!"

阿苍马上嘶着嗓门接着喊了过来:

"我真的买鱼回来了。"

傍晚,山间很静。这时,老人和小孩瞬间里都愣了一愣。因为他们都同时很清楚地听到山谷那边的回音说:

"——真的买鱼回来了。"

原载一九六九年三月廿三日《中国时报·人间副刊》

癣

阿发气得像颗定时炸弹,
整个屋子里的空气,
静得像凝固起来。

阿发散工回家，一进门，太太默默不语地把乳儿交给他。小孩子在父亲的怀抱中，很不舒服似的哭起来。阿发急急而笨拙地将小孩摇晃了一阵，小孩子果然不哭了；与其说小孩子叫他哄静下来，倒不如说是被他过分用力的摇动吓得不敢再哭了。他用脚移动一只矮凳子；事实上是一块方木头，他坐了下来，把小孩子放在腿上躺着，两手同时在两边的口袋里探香烟。他想起来，最后一支烟是在收工的时候抽掉的，烟盒子捏一团丢在石灰堆里，想起来还是很醒眼。他心里有一件事要让太太高兴一下，但是在还没说出来之前，要先逗太太生一点气，这鬼主意是摸不到香烟时，临时涌上心头的。太太忙着烧饭做菜，一会儿这边，一会儿那边，那尚称圆熟的臀部，刚好落在阿发此时最舒服的平视的眼前摆动，他有一股兴奋，回到家之后好像又增加了不少，这一些积压在心里，令自己有一点不自在。

"阿桂，我没有烟了。"他明知会挨骂。

"没有烟那是明天的事。"她头都不回只顾炒菜。

"不！我现在就想抽。"

"要是不抽烟会死掉也就让他死吧！"铲匙碰着铁锅的声音意外地响亮。

"和气一点好吗？砸破了锅怎么办？那足够我买很多包吉祥咧！"

"你一年不抽烟，也足够买很多的锅。"

太太探身到水缸里舀水，穿着长裤的臀部却仰得高高的，阿发觉得很滑稽，水缸里没水了，只听见水杓子卡啦卡啦响。

"阿珠他们又去拾番薯吗？"阿发问。

"她比你行。昨天拾了一布袋又半篮子。"

"阿雄也去了？"

"留在家里缠我，我受不了。"

"太小了吧。你是不是忘了他才三岁？"

太太气得嘴都翘起来，提着木桶走出去外面提水。阿发觉得该把好消息告诉她了，要是再惹她生气，恐怕不好收拾。

太太提着满桶的水进来了。阿发说：

"这一次我们运气很好，后天这边的工一完，阿助叫我马上跟他的班,他说这次的工作整整有三个月的时间。"他一直注意太太的脸是怎么从绷紧再到放开。她装着没听见,将水倒进水缸里面,他接着不停地说:"工钱是一天三十五块,比现在的多五块。这次不会闲着没事做了。"看到太太又提着空桶走出门外的脸,还是绷得那么紧,他心里有点恼怒了。他想:这未免太过分了,等她进来非还她颜色不行。屁股底下的木桩像长了刺似的,他坐不住了。他站起来来回地踱着,心里越想越气;本来就没有什么事,她竟气我气成这个样子,偶尔多抽一包烟又有什么关系,钱是我赚的我要怎么着就怎么着。

提一桶水的时间照道理也该回来了,怎还不见进门?他走到门口张望了一下,还是不见影子。他又回到屋子里来回走着,正当他转向里面走的时候,太太提着水走进来,他一转身,一包吉祥的香烟就落在怀里的小孩子的身上,但是他注意的是她的脸色,对方那歉意而温和的笑容顿时使自己心软了下来。他想:好险啊!差一点就弄糟了。

四个孩子嘻嘻哈哈地,有提有扛的带回来不少的番薯。将这些倒在地上积成一堆,却是相当可观。阿发看

了心里忧喜参半。他问孩子们说:

"哪里有这么多的番薯可以拾,会不会是……"话还没说完,大女儿阿珠就抢着说:

"今天下了一场雨,翻过的番薯田都湿了,遗落在田里的番薯都露出皮来,很好找啊。"

"嗯!那就好。"但是他心里担忧着这些番薯会不会是孩子们偷来的。有那么硕大的一条,当真也会是被遗落下来的吗?

老二正想说什么,马上被姊姊的一眨眼所阻止了。

"好吧,准备吃饭了。"阿发吆喝着围在番薯堆而得意的孩子们,"阿昌,去给爸爸沽半瓶酒,买一块钱花生米。"

"钱呢?"

"向你母亲拿。"

"什么酒?"

"嗨!废话!当然是米酒。"

阿昌很快地沽了酒,买了八毛钱的花生米,自己留了两毛钱,又分了一点花生米藏在口袋里赶了回来。

饭已经开了。老三眼愣愣地望着满碗是番薯的番薯饭噘嘴,母亲却大声地咒诅着:

"不吃，不吃就算了！你出生到这里来就注定吃番薯。你这歪嘴鸡还想吃好米。"

小孩子偷偷地抬起眼睛看看母亲，他心里知道拗不过来，如果不适可而止，等一会儿还会挨一顿打。但是为了好下场，他故意撒着娇说他要花生米。

"好好，每个人给你们几颗花生米，赶快吃饭。"父亲说着一边分给他们花生米。

"后天是农历初二做牙①，等拜土地公才让你们吃一顿痛快。"

孩子们都乖乖地吃着番薯饭。阿发嫂看阿发这份兴冲冲的容颜，她知道今晚又要上床了。最近幸福家庭设计协会的李小姐来找过她几次之后，对上床的事情开始有了顾忌。在阿桂个人来说，知识是增加了，对这件事情也有了认识和新的观念。可是，随后而来的却是很多的困扰，对那事的感受在同一时间里也不那么纯一了，有时甚至于在做那事的时候，只想到一些牵连性的可怕的事情。当然，这些都是李小姐告诉她的。她真弄不清

---

① 做牙：台湾地区和福建沿海地带民间的习俗。农历的每月初二和十六日黄昏，家家户户都会奉上干饭、青菜、果品等，于门口或套房的阳台上祭拜祈福。

楚,到底要感激李小姐呢,或是埋怨她好呢?

吃番薯一向都是很灵验,除了乳儿,四个小孩都捏着鼻子,我指你、你指我地围在那儿嘻笑,没有人肯认屁账。他们唱起童谣《点啰》②来找屁主。他们每唱一个字就指一个人地轮流地点着:

点啰点叮当,
谁人放屁冲庵公,
庵公妈举铁锤,
击着死囝仔脚穿门!

老二最后被点到了,他一直呼冤枉,但是,其他三人一口咬定是他,因此孩子们就哄闹起来。父亲终于来管了,他说:

"屁是我放的啦,怎么样?"

小孩子乐得嘻嘻哈哈地叫起来。母亲一边整理饭桌,一边交代阿珠说:

---

② 《点啰》:台湾地区童谣,流传于孩子中,大意为,点啊点啊点得叮当响,是谁放屁冲到了庵公,庵公夫人生气了,举起了铁锤,把小孩们吓得四窜逃进了屋门里。

"阿珠，快给弟弟洗洗手脚，带他们早一点睡。"

阿珠也有九岁了，做起事来真有老大姊的模样。听母亲这么一说，她知道大人今天晚上又要做什么事了，其实老二也知道。

原来他们全家只有一个大床铺，大小七个都睡在一起。但是从老三曾经闹了笑话之后，大人才觉得小孩子都长大了，不能不把床隔起来。那是用一张甘蔗板横隔起来的，坐起来还是可以看到隔床的小孩有没有盖被。虽然是这么简单的事情，阿发还是想办法另外先弄到一张破被以后，才把床隔开来。不然，一张大被大家挤在一起刚刚好呢。至于老三闹出来的笑话，阿发在做工休息的时候，毫不害羞地当着笑话，在大家的面前说了出来。那是这样的：有一个晚上，阿发他们夫妻俩，把睡在身边的阿雄惊醒了。小孩子看了这情形吓得脸色大变。这时阿发就说："今天妈妈打过你是不是？"小孩点了点头。

"好！我来压死妈妈。"小孩子一兴奋，爬了起来，说他也要压，就骑在爸爸的身上了。至于这事情说出来不感害臊，是因为在他们交换的谈话中谁都有过类似的事情发生。

小孩子都被阿珠带上床了。她又在重述"虎姑婆"的故事，老二说那和我们吃番薯饭一样，不知说了几百遍了。老三说要听，老四并不反对。结果阿昌把头蒙在被里吃刚才留在口袋里的花生米。姊姊一开始就说："古早古早——"弟弟说："有一个虎姑婆仔……"

他们大人还在厨房洗手脚，听到阿珠说故事的声音，高兴地私语起来：

"你听听阿珠在讲故事给弟弟听。"

"她真像个小母亲。"

"如果她生在有钱人家，这个年纪还是离不开大人的照顾。"

"废话嘛！"阿发说："穷孩子除了命歹，其他哪一点比他们差。穷孩子能干得多啦！像我十三岁就能养我母亲。他们大部分都是靠祖公仔业过活，我们是靠自己流汗过活呐！"

"那是人家前生积德，有什么奇怪？"

"你要这样认为就不要说！"阿发觉得自己说话的语气，和等一会儿要做的事不协和，所以转了话题说："下个月我们就可以买一块铁皮把厨房漏的地方全部遮盖起来,那你就不必戴斗笠烧饭了。"

"鬼咧!到时候有了一点钱,你手又痒了。"

"你不要瞧不起人好吗?这一次一定买铁皮。"

"买了再说吧。"

"掷骰子我大部分都赢呐!"

"赢?钱在哪里?反正输和赢都不是好事!"现在阿桂讲话的声势转强了,"输了,钱没了。赢了,家里出酒疯子。"

"呀!你怎净说以前的事。"他把水倒了,一边揩脚一边低声细气地说,"过去的不提了,其实还不是想赢点钱回来贴补家用。"他马上觉得话又错了。但是……

"算了!"阿桂厉色地说,"我就知道你这个人是无药可救。"接着就是一连串的叽咕叽咕不停。

阿发坐在那儿半声不响,耐心地等着太太。他说:

"好吧,嘴巴动,手脚也要赶紧好吗?"

奇怪得很,阿发此时对太太的兴趣,突然提高了许多。一个不是真正在生气的女人,给阿发的印象竟是那样的性感,或是一种异样的调调儿令他好奇,总而言之,他已不耐太太的拖延了:

"喂！要么就快一点。"

阿桂觉得这声音有点可怜，同时，也是最适合提出条件的时候。于是她就说：

"五个孩子的负担已经够重了，要是再有了小孩子，你也吃不消。"

这问题阿发是明白的，但是就不愿听到。他心里想以为阿桂今晚不来了，所以他的脸色马上变得很不好看。阿桂也明知道他会不高兴，只是话还没让她说完。她很温和地说：

"我去装'乐普'好了。那位李小姐说装了'乐普'，随我们怎么来都可以。"她渴望地看着阿发的脸色。他只顾皱眉头猛吸烟，而眼看着墙壁不作声响。

"怎么样？"阿桂停了一段她认为足够他考虑的时间后再问。

阿发和前一次听到这问题一样，转过脸来瞪阿桂。不过他这次的想法完全和前次不同了。上次的想法，他觉得阿桂未免太过分了。单单装"乐普"从头到尾的过程，他就不能忍受。卫生所那位装"乐普"的医生就是阿生的大儿子，我怎不知道。无论怎样，阿桂是我阿发的妻子啊！这次他想：装就装嘛！不告诉我就得了嘛！

我也不会知道。噢！不。不告诉我不就等于偷汉子？就这么一点时间是不够他对一件这么严肃的问题下结论的，改变观念那更是不容易。所以他还是瞪阿桂，一边还在脑子里忙着思索结论。使他这般的矛盾，和他的自尊亦有很大的相关。

阿桂低着头，自言自语似的说：

"这还不是为了你好，多生几个孩子对我又怎么样。我的母亲就生了我们姊妹十一个。我相信我也能够。但是你要是跌进儿子的坑底里，你就一辈子也爬不起来。我管你，随你怎么好了。我真的不管了。我再也不提这件事。我也觉得难为情再提这件事。算了！"她偷偷地抬头看了他一下，马上又低下头，不必要地重做着已经收拾好了的工作。这些阿发都看在眼里，并且她的话根本就误会了他的意思。其实还不能算是误会，不用说，他连意见都还没表明出来。再说嘛什么意见？在脑子里连影子都还没有呐。阿发怒视墙壁而气恼的情形，除了被问题困惑之外，还觉得这女人简直太啰嗦。到后来好像他的不快乐就只因为太太的啰嗦而起。

"你走开，我要洗脚。"

阿发转身走到隔房，阿桂举一块遮板把路挡起来。

阿发听到挡门板被小心放下来的轻细的声音,引起了一些猜想:她不生气了。那就好,总不至于弄僵吧。也没什么好弄僵啊!再有了小孩实是讨厌。装不装?这女人真笨!这时候,隔板那里,阿桂洗涤的水声哗啦哗啦地响,阿发听在心里,好像完全被说服了什么似的感觉。他想要让阿桂知道他已不再气了,所以他就用平时的口气叫:

"阿桂!"他很注意隔房的反应。

"什么?"

从那声音阿桂也想象到阿发此时的脸容。

"你在镶金是吗?"

阿桂没应声。两个人都在背地里会心地笑起来了。

小孩子早都睡了。阿桂还很不放心地坐起来看看。

"早就睡了你还看什么看。"阿发心有点急。

"我就怕小的感冒,他已经有一点了。"

"等一会儿抱他过来就是了。"

每遇到这种情形,阿珠心里就忐忑得很厉害。她睁开眼睛,把耳朵竖得灵灵的。但是大人的谈话已经变成细声得不容易听见什么。她很小心地翻过身爬出棉被,把一只眼贴在一个板洞屏住气。突然她感到后面有些轻微的移动,转头一看,原来老二也没睡。

阿昌用手指堵着自己的嘴,暗示姊姊不作声。阿珠紧紧眨了眨眼,劈头歪嘴地暗示弟弟睡觉。后来两个妥协了,他们很清楚地听到大人的对话:

"这是怎么回事?"父亲的声音。

"癣啊!"

"怎么长到这地方来!"

"还不是从你那里。"埋怨地。

"啧!这东西好讨厌!"

小孩子一听到癣,自己身上长癣的地方也跟着痒起来。阿珠狠狠地抓她的脖子的地方,阿昌却忙不过来地用只手抓着整个头。

"你到底什么地方还长?"父亲问。

"这里。"

"这里?"

"再上一点。对了。"

"哇!不少嘛!"

"但是没有你多呐。唔!真痒。"

"不要抓啦!好脏呀!"

"那你的手现在做什么呢?"

"我，我……"阿发说不出来了。

"我，我……"阿桂学他的窘状，"你这人真是王爷，自己放火还不许人家点灯。"

"真讨厌的东西！"他拼命地抓。

"小孩子才可怜呐！老幺生出来才几个月也长了。"

"咱们家什么时候开始有人长癣？"

"谁知道，有好几年了。"

"有吗？好像是。"

"对了。下次有钱先不要买铁皮盖屋顶，还是先买癣药回来要紧。"

"我又不是没买过。"

"买好的嘛！"

"好的？你知道有多贵？那不是咱们买得起的。"

"奇怪！就没见过有钱人长过癣，为什么癣药要那么贵？"

"买药水嘛又只能一时止止痒。再说咱们家里的癣，把它摊开来也有一张榻榻米大吧。买一两瓶药水回来，就像打翻在榻榻米上，有什么用？"

"那怎么办？"

"倒霉嘛！"阿发无可奈何地抓着，"唷！啧啧！我一定把皮抓破了，湿湿的好杀呀！"

"我也是。"

"不行不行！锅里还有没有热水？"

"有是有，但是不够，再烧好了。"

"再烧再烧！非把皮烫熟了不行。唷！啧啧！"

"都是你。"阿桂说。

"我怎么样？"

"你刚才不提就没事了。癣这种东西只要你不去提它、不去想它、不去碰它就没事。"

这一点阿发完全同意：

"没什么大不了的事。癣本来就是咱们贫穷人家的亲族，你还是快点去烧水吧！"

阿桂像突然领会到什么。

"噢！我明白了，我们生小孩就是这样子生的。"

"这样是怎样生？"

"生出来了就让他生出来，不想不提不碰就没事了。"

"这是你说的！"阿发有点烦，"你说这和烧水有什么关系？"

"那么让我去装'乐普'怎么样？"

阿发气得像颗定时炸弹，整个屋子里的空气，静得像凝固起来。

两个小孩失望地躺回原位。两双手无意识地在身上，这儿抓抓，那儿抓抓地抓个不停。

原载一九六八年一月《草原》第二期

北门街

熙熙攘攘的人头,
仰望一阵热流的漩涡,
卷起灰烬,
一直往天上升。

他又出现了，那是每天几近傍晚的时候。

他执坐在北门街口的一个消防砂箱上，像一尊塑像，两只布满着血管无神的眼，始终望着斜对面的西药房，很少移动，而那表情是那么深沉复杂。显而易见的是，衰老和极度的颓伤，再加上凸出的颧骨，和生根在头上的破雨帽，已足够表征他的贫穷。燃着的新乐园，时而叼在嘴角，时而夹在指缝，那是和他永远连在一起的。

雨天，他就退到走廊，叉手抱怀，身体倚在柱子，双眼还是凝视着老地方。这种惯例，已经延续了一年多了。

几年来，自己辛辛苦苦地白手建家，在战后倾其所有的积蓄，在北门街买下一栋破旧的房子，再稍加翻修，才把大小七口人安顿下来。这样，他们卸下重负，否则以前那种居所不定的生活，令他觉得对不起妻小。

北门街是这个小镇的中心，由于战后繁荣的迅速，此地的地皮和房子也都飞涨起来。因而，他时常在暗地里感到欣喜。但是，一想到当时买这房子之前，犹豫未决的情形，就不禁战栗。要是当时没买呢？想到此，他赶快又避开别想。可是买下了房子是事实，买房子的那些钱，是他血汗的成果，基于这点，他完全同意了。

他的脑子里盘算着：把房子前半部租给人开店，一月少也有一千。老大就在机关，一个月除了食物，还有四五百，老二等当兵回来再找工作。老三到老五，目前他们是吃定了。我做道士，收入虽不定，一月也有六七百。哼，这样不错。

一切的计划，在短时间内都实现了。他的生活也略微宽裕起来，每天晚上，他都可有一碗酒和一碟小菜。饭后，他用牙签剔牙，然后一杯清茶，香烟，散步，找朋友闲聊，或是看戏。要是说生活也能像艺术家，他常在闲暇的时间，退出自己的生活圈外，静静地欣赏着几十年来，苦心经营的作品，多少总有些样子。而此时对于旁人的批评，是不会放在心上的。一件作品的产生，在作者的喜悦，除了完成的满足，还有其他微妙的情绪。

时日把人旧有的喜悦冲淡，另外新的冲动，要获取新的喜悦来满足，而这在年轻的一辈，显得格外强烈。

"阿爸……"老大嗫嚅地把后头的话吞了进去。

"哼——"这种低调的鼻音也是为父的尊严。

"我们到里头，我有话同你商量。"小声地。

老大先到里面，把小弟们叫开，他们俩就坐下来谈。

老头子心里感到十分怀疑：这孩子谈话向来就不机密的，会是出了什么岔子？看他样子又是那么沮丧。一种厄运的预感，闪电般地触动了他的脑神经。

"这回我又完了。"很沉痛地，这声音一点气力都没有。但手却捏得出汗。同时直望着父亲。

他把视线移开到另一个目标，呆呆地什么都没有回答。胸部的起伏，骤然紧促。

"本想大大地把前几次的都一并捞回，哪知道又被抓了。"老大咬牙说，"这次全是日本的西药，价值十万多。统统完了。"

老头儿一直缄默着。其实他已被十万这个数目，吓得瘫软下来了。他哪儿来十万？他一想到房子有十万价值时，心里即刻慌张地吐了一口长气。

"我想……"老大以为他没有注意他的话。他大声地:"阿爸!你听到我说什么吗?"

很快地,又后悔地缓和了语气:"抱歉,我不该对待你这样。但是……我也是想替家里多挣点钱,希望你不再工作。所以……"老大接不下去地哭了。

沉默了很久,只有老大伏案的抽噎声,事实上,老人家何尝不同情他,也只有他默默地获得父亲内心的喜爱。但他不曾知道,而老人家也没有觉得那种必要。那种冷吗?

饿吗?是母性对子女的爱法。

他启开了嘴唇,颤了一会儿才说出话来:

"我早就看清楚了。你们兄弟老觉得道士的职业低贱、落伍,有了这种父亲,你们在别人的面前,挺不起胸,抬不起头来,实际上,你们都直接地靠我这一行长大。"眼睛还是望着老目标,慢慢地又说:"你说我低贱吧!然有那么许多人相信,他们能从我这里得到安慰,使他们有寄托。我竟没有你们的那种眼光,看出我自身的低贱。告诉你,十八层地狱里,都是在惩罚你们这群不肖子。"他尽力地抑制胸头的那种辛酸。嘴唇合不拢来而颤着。

他是了解这一辈年轻人的心理的,只是一下子叫他不易接受。他有很多的知识，都是由天天勤于阅报而来。对于前面自己说的话，他感到违背了良心而矛盾。近几年来，他逐渐地对自己的一套，也大大地怀疑。

"当你要开始做这一行生意之前，我不是十叮咛八吩咐地说：'清池啊——这种生意是做不得，靠这种发财的时机已成过去了。现在做是得不偿失的。'想想看，当时我是不是这么告诉你？你就不听。看！现在，我管你……"话说到这里被截断了。

"我现在不是来听你说教的！"清池猛抬头，捶了桌子，气恨地走出去。

他一时感到晕眩，前面的东西，都隐没在黑暗中了。

这突如其来的打击，虽没把他击倒，倒也够沉重的了。老妻是多愁型的女人，这天大的事怎么隐瞒，目前唯有一条路，把房子卖了。她知道了又奈何？买了这房子是运，卖了是命，以前没有不是也可以挨。虽他先尽力地安慰自己，想改变另一种观念，来接受目前的现实。但是那是极不容易的事。从此，他深深地陷于不可言喻的痛苦里了。

不久，房子的变卖，清池的自杀，老妻的忧病，老三的自动辍学帮助家计，把家寄篱在近郊亲戚的农舍等等，这些他都归咎于自己独自挑担。他曾想到死，可是良心上的责任感，阻止了他的短念。他想：至少也要等老二回来有工作。这样一天一天地，自己的精神都折磨耗尽，渐渐地变得痴呆了。所有在他脑中的意念，也都泯灭。责任感与短念的矛盾也不复存在了，像失了知觉的人，只是一具行尸走肉罢了。

没有人晓得，他为何执在那里的意图，当执在那里的时候，他的脑子里在想些什么？是不是一年多的时间，老想着同样的问题！这连他也不清楚，只是他不曾像旁人那样去替自己想过。一种酷爱和占有潜在意识，到了时间，就操纵着这具躯壳，来到老地方执守。

一年来的苦难，家人也都习惯下来，一切都变成平常。

一天午夜，东边的天红了半边。

"啊！街仔火烧厝[①]！"有人大声地连喊了几声。

家里大小都起来，走到晒谷场遥望。他和所有好奇的人一样，赶忙地往小镇跑去。

---

① 火烧厝：闽南方言，意为"房子被火烧着了"。厝，闽南方言中，指房子。

"阿涂——这么晚你到哪里去！"妻子关切地呼喝，但他回都不回头地走了。

"北门仔烧了。"他听到路旁的人在谈论。他的脚步更快地，像一部机器不断地前奔。

果然不错，是北门街着火。原先起火的纸钱店已经烧毁了。现在正延烧着裁缝店，西药房和五金行，还有连着的皮鞋店也接了火种。

火，像一只大猛兽，伸出红红的舌舐着裁缝店，然后就把它整个地吞食了。西药行也困于火海之中了。

他不停地跑到现场的警戒线，被人群堵在外围。眼看他一生以血汗换来的房子，被熊熊的烈火吞噬时，两颗晶莹的泪珠，羁在眼角映着红光，一股痴深酷爱的力量，在全身泛滥起来。他曾在那所房子里，过了一个短暂美梦式的生活。虽然后来又沦于别人，但那仍然存有纪念性的寄托。像爬山家，登高峰后，下到山脚下，仰望他曾征服的峰顶而陶醉。他爱它的冷酷和艰险，只有这样他才能伟大。

他出其警戒人员的不意，向着西药行冲过去。猛烈的红光中一个黑的人影倒下。火继续地延烧着，片刻间，西药行的屋顶也都塌下来了。熙熙攘攘的人头，仰望一阵热流的漩涡，卷起灰烬，一直往天上升。

原载一九六二年三月三十日《联合报·联合副刊》

小巴哈

此刻,

他在我的眼前,

只是一条单薄而模糊的影子。

从上星期我替陈老师代课以来，小孩子们一直吵着要我说故事。

我始终没有答应。这班三年级的学生，看谱和辨音的能力很强，今天第四节音乐课，很顺利上完了一小单元，还剩下十分钟，我就想给他们说个故事。

"现在我来讲一个音乐家的故事。我们刚才学的《老渔翁》，也就是他作的曲子。"

小孩子一听说要讲故事，高兴得叫起来。

"那么好，请小朋友不要随便讲话。"

他们都觉得这是很公道的交易，全堂即刻就静下来。四十八双晶亮的眼睛，闪闪光，迫切地期待着我。我转身在黑板写"巴哈"①两字说：

"今天要讲的这位音乐家的名字，叫作巴哈。我们且听他小的时候是怎么用功，才成为大音乐家。"底下

---

① 巴哈：即巴赫。

已有几位吃吃地笑着说：

"那位音乐家叫做爸爸！哈哈，巴哈爸爸，爸爸巴哈。"

"说叫做爸爸了。真有趣。"大家都笑起来了。

"好了，好了，大家安静。"

"不要笑了。等下老师就不讲了呢！"一位性急的孩子直呼起来。教室里很快地又静下。每一张小脸都很可爱，他们好奇地等待着爸爸的故事。

"是的，这位音乐家就叫作爸爸，他是音乐的爸爸。但是一般都不这样讲。大家都称他为音乐之父。"我抓住了这反应，提示他们做联想的记忆。

"巴哈是德国人。小时候生活过得很快活。因为家里有爸爸和妈妈，还有哥哥，他们都很爱他。他也很聪明。你们想，这是多么幸福的家庭呀！跟你们一样是不是？"小孩子们的脸上，都泛起了愉快的微笑。

"但是，不久之后，不幸的事终于发生了。死神把他最亲爱的爸爸妈妈相继地带走了。"我特别把声调放得低沉。停了停，看看他们。刚才的笑容似乎也同时被死神劫走，换来的是一张张焦虑不安的小脸。我很快地安慰他们说：

"小朋友，你们多好啊！在家里仍有爸爸、妈妈、哥哥、姊姊来疼你们呐！"大家又高兴了。

"老师！他就没有爸爸和妈妈，他住在他哥哥家。"非常突然地，清水站起来指着近旁的修明说了。这我可为难。我刚代课不几天，对学生的家境，还一点也不清楚。难道这就是我的疏忽？显然地修明是受创伤了。

他——低低地把头缩到桌子下，悲伤地抽泣着。看他那黄黄瘦瘦的身体，身上破旧不称身的衣服，要是清水的话是真的，不难在他的身上，也可以察觉到，他哥哥对待他的情形。我似乎曾因他而呆了一阵。但我很快地就从他们的眼里，看出我的窘态。当我把故事接下去讲的时候，很明显地可以看到，小孩子们也因此而发呆。也许他们在想：老师为什么不理修明呢？他不是很伤心吗？我只能将错就错，硬把故事说下去：

"……后来可怜的巴哈，就住在哥哥家。他虽然失去了爸爸和妈妈的爱，但是在学校里，有老师来爱他，还有许多小朋友也喜欢他。他们每天一起上课、游戏，玩得很快乐……

"首先，他住在哥哥家总觉得生疏，不习惯。

时常免不了有些小毛病发生。因此，大哥才时常打他、骂他。不过，这都是为了他好，希望他能做个好孩子……"

我偷看了修明一下，他已不再伤心了，只在座位上，弄一支铅笔玩。我的心也才跟着松下来。小孩子们都听得入神，我也为部分捏造故事的成功，讲得更起劲：

"……他从哥哥的房间，偷出那本乐谱来，等到有月光的晚上，他就爬到屋顶上，借月光抄谱；并且背地里跟着哥哥学习，一天，事情不机密，被大哥发现了。巴哈被痛打一顿，还有辛辛苦苦抄来的册子，也被扔进火炉烧毁了……

"……但他有恒心，有勇气，不怕任何的困难，一心学习音乐；最后终于成功了。成为鼎鼎有名的大音乐家。现在被全世界的人称为'音乐之父'来崇拜他。"

小孩子们满意地鼓起掌来，有的不停地说：

"巴哈、爸爸、音乐的爸爸，音乐之父。"教室里的空气很轻松，修明也跟大家乐成一团。铃响了。小孩子们背着书包，唱着刚学来的《老渔翁》回去了。

我回到座位，揩去额头的冷汗，喝杯水休息。

"老师！"这声音很小，我转头往门口看，原来就是修明。我不觉一愣，很快地又向他招呼："进来，修明。"他没动。我再叫了一声，他才歪斜着头，拉着衣角，依着墙壁，像蚯蚓似的慢慢地移过来。

"修明，有什么事吗？"他已站在我的面前，低下头注视着脚尖，把身子晃来晃去。

我找到一张纸，很快地擦去他的鼻涕。

"老师——"他有点口吃，小声地说，"我——我也能像巴哈那样吗？"他锁起眉头，侧头看我。我被激动得讲不出话来了。我蹲下来，紧紧地握住两只小手，以点头回答他，我感动得就要哭出来。我尽力抑制自己，免得让小孩子有所猜疑。但是仍然压不住心里的同情，两颗羁在眼角的泪珠，竟被推滚下来。同时我也感到一阵快慰而微笑。

此刻，他在我的眼前，只是一条单薄而模糊的影子。

编按：这一篇是黄春明就读屏师时代的习作，一九五七年发表于《新生报》南部版，当时的署名是"黄春鸣"。

城仔落车①

岁月和生活在她枯干的脸上,
留下了很深的痕迹。
她不曾笑过,
那种表情严肃得和冬天一样。

---
① 落车:闽南方言,下车。

这天七度，天气很冷。

十六点二十分往南方澳的班车，由宜兰汽车站开出了。旅客特别稀少。

"阿妈，城仔到了吗？"阿松有点等不及，其实也不全是那样，总是很矛盾。

"到了自然就会下车。你急什么？"祖母的心情更沉重。城仔，她从来就没来过。她问邻座的旅客：

"到城仔还有几个站？"

"再三个站就到。"邻座的反问，"你从哪面来？"

"瑞芳。"

"到城仔做什么吗？"

她听到了，但没回答。到了一站，邻座的人下车了。

车厢里很静，没有人说话，只有发动机的声响。马路上行人很少，汽车一路奔跑都不用按喇叭。沿途的小招呼站,也没有旅客上下。

阿松和祖母坐在靠门的前座。小孩子高跪在椅上,眺览窗外。后来他的兴趣又移到玻璃上的蒸汽乱涂。他才九岁,早患佝偻痼疾,发育畸形,背驼脚曲,面黄肌瘦,两眼突出,牙齿也都蛀黑了。说起话来,声音尖锐刺耳。那祖母给人的印象大约有六十开外的光景,事实上她才五十岁。岁月和生活在她枯干的脸上,留下了很深的痕迹。她不曾笑过,那种表情严肃得和冬天一样。

到了桥头,又有人下车,她算下两个站了。当汽车开动,老太婆问车掌小姐说:

"城仔到了吗?"

"你到城仔吗?刚过了两站。"

"糟糕,下车下车。"她急得站起身来。

"现在不能停,到下一站过桥的那一端下车吧!"

"那怎么可以。"像自言自语,她失望地坐了下来。

汽车在兰阳大桥上跑。她埋怨的事很多,现在最令她不安的是,汽车跑得太远了,并且不能即刻就停止。

汽车到了复兴村停下来了。老少两人一下车就被车外的昏暗与北风吞食,暮色中,除了大桥和马路,所有的东西都在颤抖,而夜魔的足步越发地紧迫。

"这凄凉又陌生的环境,令他们害怕。阿松更怕,他紧紧地拉着祖母的裙裾,挨近她的脚蹲下来。祖母向马路两头探望,很想随便遇见一个人,问问时间。过了很久,谁都没遇见,偶尔张篷的大卡车,像一头怪物掠过之外,什么都看不见。

"阿妈,我们怎么还不走呢?"

"我们等返回宜兰的车到城仔。"

他们就站在原来下车的那个招呼牌等车。风刮得更起劲,天气更寒冷。他们紧咬着牙,互相沉默了许久。过了些时,往宜兰的车来了,远远地到近近地,又过去。

"唉!该死!怎么不停呢?车上不是清清的吗?"

她仍不知道,那地方是往南方澳的招呼站。

"阿松,我们还是用走的好。大概不会太远吧!不要误了五点,你阿母在那里等着我们呢。"她牵起阿松开始走,很慢地,但他们已是尽了最大的力量。

"噢!这座桥这么长,会走不完吗?"其实她烦恼得没有这份兴趣注意这些,只是想提起阿松的精神来。

阿松越走越慢。

"阿母说，等你到她那里，她要叫个外省人的爸爸，替你买衣服和鞋子。"

"快点走呀，忍耐一下，我知道你很辛苦。大概五点到了，那就糟。不会吧！快五点就是了。赶快，走快些。"

不管她说什么，阿松再也不会感兴趣与重要。冰冷刺骨的风，不断地从他的短裤头灌到全身，使得他每一个骨节，都感到酸痛。起先还可以勉强，但越来越走不动。

"你猜，现在会是五点了吗？"她十分焦急。他依然没有回答。脊椎骨的冻痛再无法叫他忍耐了。

"怎么？哭了。你是知道的，我连蹲都蹲不下来，怎么能背得动你。龙骨又痛起来了？那一定很痛。等我们到你阿母那里，叫她烧水让你泡泡就会好。快，不能停下来。"

她的心都焦了。她知道阿松等会的情形会怎样。那样他们在五点之前，一定赶不到城仔。赶不到事情就不堪想象了。她不敢再往下推想。

这次，他们祖孙两人，一道来城仔找她的女儿阿兰，也就是阿松的母亲，另外还有阿松的新爸爸。这是他们命运的转机,可能从此他们的生活就可好转过来,不然,不然,那就是更大的不幸。

阿松很怕遇见陌生人,因他的体形,陌生人对他的注目,他从小就敏感了。他和所有的小孩一样,喜欢在母亲的身边过日子。但是母亲没让他获得这份温暖。她远离家到外地充当妓女维持他们的生活。

阿兰自己觉得,一直操这种职业,也不是办法,曾同老人家商讨的结果:只要男方答应,连老人和阿松一并带在一块儿生活,其他的别无要求。经过一年多,这次好不容易才遇到一个姓侯的退伍军人向她求婚。他参加开拓横贯公路,有些积蓄。老人向妈祖求签的结果,妈祖也赞同这桩婚事。

"怎么?真的走不动了!"她看到阿松突然蹲下来哭时,她慌张了。

"再走一点,快起来走一些就好了。你一向都是很乖很听话的啊——"她以哀求的口吻恳求,"快起来。看,天已经很暗了。"

他只顾哭,而哭声越哭越大越伤心。

"你听我讲,不要哭了。你阿母同我约定五点钟在城仔等我们。要是我们迟了,就会找不到她,我又不知道他们住在哪里。所以我们必须赶快走是吗？快，我想还来得及的。假使慢了八、九、十分，她也会等！"本来她急得就要火了。但她还是努力压着气，尽量温和地鼓诱阿松。

"我的骨都断了，你还叫我走！走！"阿松耐不住气，大声地哭嚷起来，他虽年小，不过比起一般的小孩子都懂事，他知道怎么才不至于令成人感到厌烦。像此刻的这种情形，只是心有余而力不足的事。

"不能走，不能走那要怎么办？"祖母也沉不住气了，她盛怒地，"该死的不死，你怎不去替不该死的人死。真的前生前世不知做了什么大不德的事，才受你这驼背的气。"

阿松哭得伤心极了。

"好！你不走就不走吧！我就把你扔了。"她说了就要走开。但阿松牢牢抓住她的裙子，坐在地上不放。

"不要你碰我，我恨你。放开，你是累赘枷。"她要抛开他的手，"死孩子，放开，放啊！你不走抓我这么紧干什么？"不管她怎么挣也挣不开来。

"死阿妈，死阿妈！"阿松由恐惧与怨恨，迸出一股奇力，牢牢地把祖母钉住，并大声哭骂。

"好，我去死，你把手放开。"她拧着他的手，甚至于狠狠地捆他，终归无效，"唉——我的命好苦呀！太凄惨了。神明要是真的有灵的话，就让我即刻死掉吧！"她也哭起来了。寒风也哭了，天更暗。

最后，幸亏守桥的卫兵，替她挡了一部卡车，让他们到城仔。

"请问现在是几点了？"

"五点八分。"司机回答。

"请开快点好吗？拜托拜托。"

"马上就到的。"司机另外再问了许多话，她都没有回答。她一上车就坠入沉思：

……阿兰过了时间，还会在那里等吗？她不在那里就糟了。不会的，她一定还在那里等着，还有她的丈夫也在那里。不，不，他也许很忙不会来。这样更好，否则他看到我们这种老迈残躯的模样，一定不会欢迎……不，以后还是要见面的。阿兰不知事先就给他讲明白了没有……他会欢迎这孩子吗？还有我？

"阿婆，城仔就在前面。"司机指着前方说。

"唉！怎么这样快！"她愣了一愣，反而怕起来。又像自言自语地说："太快了！"

原载一九六二年三月二十日《联合报·联合副刊》

大 饼

翻到最后,
论忧患意识的题目上,
一个红色的"丙"字,
满满地映在眼里。

林文通骑机车路过虎林街的某一条巷子，看到巷口的土地庙的时候，突然想到，蔡董说的好像就是这附近的公寓。不知道他的近况怎么样？他停了车，人仍然骑在车上，并不急切地张望着两旁的四层公寓，试探着叫喊起来。

"蔡董——！"

停了一下子。

"蔡董——！"

在他斜对面的三楼铁窗后，一张很不愉快的男人的面孔，和两边的盆景并排着往下望。林文通接触到那目光，觉得很没趣。他虽是路过这里，不急着找蔡董，但看到那不友善的目光，他不让对方觉得他对他的出现有所畏怯，于是他又不那么大声地叫了一声"蔡董——！"就走掉了。

住在四楼的蔡万得，听到有人叫他，但一时不敢相信。当他听到第三声，认出那是林文通的声音，赶到楼下的巷道时，两头都看不到人影了。他站在路上抬头望了望，望见了三楼铁窗后那一张不愉快的脸孔，他很自然地避开。

蔡万得回忆一下，刚才有人叫"蔡董"的声音；蔡隆？菜虫？蔡董？他又觉得没有把握了。可能是听错了。他想。不过一想到"蔡董"这个称呼，暗地里自己一个人都觉得不自在。他一边上楼一边想着中国人的姓名，常使一个人的处境显得很尴尬；像一贫如洗的人叫黄金万，抢劫犯叫许正雄。这种情形，有时连死人都不放过，被汽车撞死的年轻人竟叫作谢添寿。

"伊娘的，失业三四个月了，还叫什么蔡董。蔡屎咧，蔡董！"他喃喃自语地上了四楼，顺手把门推开，在那一刹那，他竟被午后空荡无人的氛围，轻轻地吓住在门外而有点惊慌。

在公司里当事务股长的时候，同事间把他当着那个搞房地产赚大钱的亿万富豪的蔡万得来说笑，称他蔡董事长，简称蔡董，那时他还能悠然顺大家的意开开玩笑：

"蔡董电话。"

"是谁的电话不会问清楚吗？你秘书是怎

当的？"

"喂，请问，请问我们哪里啊？嘿嘿嘿……"反而想戏弄他的假秘书憋不住气地笑起来，大家也跟着乐。

就像这样，只要别人有兴趣，他总是奉陪大家，装扮成蔡董事长的口气，一下子叫司机，一下子说哪里的一块土地，煞有其事地跟人做着对答。公司里大家都公认他是一个乐天的人，连我们经理也喜欢称他叫"蔡董"。

这一次他失业了。他没拿到三个月的遣散费。他安慰自己，说这总比津津食品和华龙纺织的员工好；他们还有领不到薪水的。可是三四个月下来，内心的焦灼，一天比一天不易按捺。一张平时爱说笑的嘴巴，竟变得喋喋不休。尤其是小孩子的事，最容易引起他唠叨念骂。其实他对自己这样的一张嘴巴，也自觉得讨厌。但一到时候，连自己也拿它不住。

四十出头的人，一摊开分类广告就自卑，人家征求的不是役毕的青年，就是有专长的人。干事务的哪一门都不是，这样的工作，只有靠人事关系，以前干了十多年的事务，就是靠老同学的关系，现在人家公司破产了还有什么话可说？再说，事找人的消息，已大不如两三年前了。明知道今天的分类广告和昨天以前的内容一样没什么希望,可是还是从头看到尾,最后换来的是,只有一大口一大口频频吸烟吐气的份儿。

这种情形,太太看在眼里,安慰着说:

"慢慢找啊,急有什么用,急出病来才糟呐,反正暂时我们邮局里还有四万多块钱,还可以……"

太太还没说完,万得不安地站起来叫着:

"你又来吓我了!"

"我吓你?"太太疑惑地问。

"那你为什么要告诉我还剩下多少钱?"

三个多月前,失业的那一天,他才问太太说家里还有多少钱时,太太说还有八万四千块的。他觉得怎么一下子,就在他低头抬头看分类广告之间,已经用了四万多块了。

"我们的钱到底怎么用的?"

"我们可用得最省啦。看嘛,房租一个月四千五……"

万得觉得一阵绞痛。太太继续说:

"水电算一千好了。这不就是五千五了。每天我们五个人吃用的算两百好了,这不就要六千了吗?"

"好了,好了!不要再说了!"他害怕听下去地叫着。他想了想,突然说:"好,我不抽烟了!"

"不要说不抽,少抽一点对身体倒是好的。不过,"太太想了一下才说,"这两三个月来,你买了那么多种的党外杂志,那不是很花钱吗?"

"要看啊!"他很不耐烦地回答。

"看?你看了总是禁不住要批评政府,骂国民党。这种话被听见了,被抓走了还找不到人呐。"

"你们查某人懂什么?"

"我们是不懂。我们只求平安没事最好。"

"他们最喜欢你们这种人。"

万得不知道是听太太的话,或是意志不坚,他还是没把烟戒掉。看报纸的时候,仍旧一大口一大口地吸,看到不平的事就用力吐烟,为了堵住外头的寒流,密闭的小房间,都蒙上一层烟雾。

"看!"他用手把报纸一弹,"又是抢劫!"

"昨天晚上的电视新闻就有了。"在做功课的老幺抬起头说。

"我是说报纸上说的。"他有点不高兴小孩子插嘴。

小孩子赶快又埋下头做功课。

"说到这个林牛港，"三个小孩子听到爸爸这么说，互相低着头交换了个眼色，禁不住吃吃地笑起来。万得没理他们，他继续说："只会说大话，说什么三个月就要让铁窗业萧条。现在过了几个月？我说他叫林牛港是有道理的，因为他会吹牛。"最后吹牛两个字是用普通话说的。

小孩子听爸爸说普通话觉得新鲜又好笑，他们全都笑起来了。

"在小孩子面前不要黑白讲①。小孩不懂事，万一到外头乱讲就不好了。"太太又对小孩子以严厉的口气说，"你们在外头可不要给我乱讲话！"

"知道。"小孩子说。

"你们每天功课都做到十一二点，早上叫都叫不起来，最好不要听，快写！"妈妈说。

"这你们查某人又不懂了。学校的书要读，这种叫社会学，这种社会学也要知道。"

小孩子低着头偷看母亲，母亲的目光正好注视着他

---

① 黑白讲：闽南方言，胡乱说，瞎说。

们。小孩子很快地把视线移到课本上。

一家五个人,做功课的,看报纸的,折外销雨伞把柄环的,大家又沉默起来。大概只有做手工的妈妈的脑子还可以做别的事,不一会,她突然冒出话问:

"你不是喜欢钓鱼吗?"妈妈又对小孩子说,"我跟你爸爸讲话,没你们的事,快写!"

"钓鱼?"他摘下眼镜不解地望着太太。

"我是说你整天闷在家,心情没办法疏解,看杂志惹你批评,看报纸骂东骂西,看电视骂这骂那,见了小孩骂大骂小。出去外面散散心,可能会好一些。以前你不是爱钓鱼?"

"你以为钓鱼的人是什么人?他们开着小轿车,载着冰柜到滨海去钓鱼的啊。你以为他们和我一样是没有工作的人?到河里钓?河里哪有鱼!到池塘钓是拿钱买开心的。钓鱼?"

"我是说你应该到外面走走。"太太有点沮丧地说,"不然你整天在家不快乐,做你太太的人也很紧张。"

"怎么?没工作就讨人厌了!"他有意松了语气,叫话不那么刺耳。但是太太还是伤心地说:

"你这个人。你变了样自己都不知道。"

此刻他是很了解太太的心情的，同时也觉得太太的美丽。但是嘴巴却不那么老实。他低沉地说：

"变成鬼了！"

他偷看到太太受委屈而低下头的侧面，暗暗地责怪她笨，为什么不了解他的内心，而去和那没意义的气话认真。

又是一阵很气闷的沉默。

初中三年级的老大，抬头看看钟说：

"妈，我还剩下一篇作文，我先去睡一下，十一点把我叫起来。"

"现在都快十点半了，睡个半小时有什么用！做完再去睡。"爸爸说。

"人家很爱睏②。"小孩难过地说。

"先让他睡好了。每天做功课都做到十一二点，小孩子一直没睡好。"妈妈又对另外两个："你们两个小的，还有多少没写？"

"快了。"老二回答。

---

② 爱睏：闽南方言，想睡觉。

"快十一点了还说快了。人家大人讲话有什么好听。快写。到十一点没写好,就不让你们写!"

"这是在摧残幼苗,哪里是教育!"

"你又来了。"太太提醒他说。

老大把作文簿摊开,一边磨着墨看爸爸。

"什么题目,做完了再去睡嘛。"爸爸说。

"《读索忍尼辛③演讲有感》,还有一个是《论忧患意识》。"

"喷!看这种,又是这一套!"

"好了,要睡就快去睡吧,十一点马上就到了。"妈妈一句简单的话,忙着两边照应。

老大搁下墨,看了一下爸爸,小心地走开了。

老幺看老大一走开,竟一边写一边掉起眼泪来了。老二看弟弟哭,自己预感到一阵骂话即将来临。他斜着头歪着嘴,比刚才更快更认真地写起来。妈妈看了这情形,有点替小孩子紧张。她看看看报纸的万得,故意先开口说:

"有什么好哭的,有种就不要写。还有多少?"

---

③ 亚历山大·索尔仁尼琴,俄国作家。

"两行。"老幺拨拨眼泪说。

"还有两行你还哭什么？晚上你们三个你是第一的啦。"

老幺一听妈妈这么说，一边还在流泪，一边还笑起来。

整个晚上的气氛到这时候算是最轻松，至少妈妈是这样觉得，所以她对老幺说：

"不怕人家笑。一会儿哭，一会儿笑，母猪尿撒撒叫。"

老二一听老幺只剩下两行，他又更快地写，落笔的声音，就像好几只鸡在桌上抢着啄米，桌子也咯吱咯吱地摇起来。万得好奇地探头过去。只见他连着五行都写人字旁，接着回头在中间写言字。爸爸不解地问：

"你是在写信字吗？"

"不是，写储字。"

"什么'chu'？"

老二指课本上的储字给他看。这下他才恍然大悟，并且惊叫了起来：

"天哪！你到底是在写字，还是在开拼字工厂？"

他看看小孩子的作业簿，觉得怪小孩子也不对，于是他转口气说:"你们的老师到底是怎么啦?这,这,每一个字写五行,疯了!"

这时老幺泪还没干,字也写完了。他为了表示不同,但又带几分害怕地说:

"我写好了。"

"十一点了,好了就快去睡!"

"你也去睡!不要给我写了。"万得生气地说。

"统统去睡,没写完我明天早一点叫你起来写。快去。"妈妈带小孩子去睡了。等妈妈一离开,老二倒转过头,借着卧房二十烛光微弱的灯光,继续把言字填完,再填右边的者字,接着下面还有蓄字和别的字等他又在泪光里去拼凑。

太太熟练地在灯光下折着小铁环。

万得怜爱着她,看了她有一会才说:

"不要等我了,快去睡吧,一大早还要起床。"

"谁在等你啊?"太太觉得脸上一阵热,"我是等十一点要叫光雄啊。"

"十一点十五了。"

太太赶紧放下钳子,跑到光雄的房间去。她看到光雄没盖被,先把被拉过来替他盖好之后,轻轻地拍着光雄的脸颊说："你这孩子，睡觉也不盖被。起来，起来，十一点半了。"

小孩只是翻过身，又睡着了。

"不行不行，光雄，你还有一篇作文没写好，快起来。快！"她坐在床沿，把光雄的上半身抱起来，用手擦着他的脸。

小孩子闭着眼睛痛苦地说：

"拜托，再给我睡十分钟就好了。"

"不行不行，睡什么十分钟。光雄，起来。"

"我明天写好了。"小孩像说梦话。

妈妈看他可怜并不想叫他，但她怕爸爸来叫的时候，把小孩吓着了。她把小孩放回去，盖好了被，只是说给爸爸听地叫着：

"光雄，十一点半了……"

"叫不醒就不叫他了。让他睡个饱重要。"他在外边说。

她走出来看到万得替她折铁环，高兴地说：

"你也会啊。"

"这有什么难？光雄叫不醒就不叫他了。"

"功课没做好，早上一起床就慌里慌张，饭也没吃就去学校。不过还是让他睡个饱要紧。"

"好了，你该去睡了。"

"要啊，我当然要睡。"太太一想到刚才令她觉得脸上发烧的话，有点不愉快地说了就走开了。

他望着太太的背影，看到那圆熟的臀部的摆动，却一时叫他紧张；他害怕两个人醒着的时候躺在一起。自从失业之后，在夫妻的生活上，不但没享受到什么权利，连义务也没好好尽到。多少天来，这问题一直在强调失业的严重性，不仅是在一个人失去了固定的工作和收入，最大的损失是一个人的信心，完全受到挫折。而这种挫折竟彻底地侵袭到生理的本能。万得听到太太关了房门的声音，心感到有些歉疚之外，也安定了许多。

不过，奇怪的是，一旦人都去睡了，尤其是太太，只留下他一个人的时候，也就不觉得那么爱看报纸和杂志了。他精神很好。他抽着烟想东想西。想到林文通来找他有什么事？

"以后大家多联络。"

"有好消息就得通知啊。"

记得三个多月前，副总经理出面向大家宣告公司解散的那一天下午，会后大家还留在会场，为此后的联络，互相留了通讯地址和电话的。结果几个月来，没有老同事打过电话来，他自己也没找过别人。不会吧，不会是林文通。他有我的电话。他想。但一想到电话，他觉得像他目前的情况，家里有电话是不大相宜的。当他松了一口气。他想把电话顶让掉，还可以多出一万六千块钱呐。

时间都过了十二点了，气温似乎骤然降低了不少，从膝盖以下的部位酸麻了起来。

万得很清楚地听到小孩子在说梦话。他先到老二和老幺的房间去。门一打开，两个小孩子的睡相，令他感到十分心痛。老幺把被踢开，整个人缩成一团依在墙角，脸露紧张地睡着。老二的身上也没有被，他倒转过头，手还握着笔趴在作业簿上睡。

"哎呀，哎呀！傻孩子，冻死都不知道。"

万得把他们拉在一起，盖了被，再摸摸他们冻冰了的头手，心痛地说："傻孩子，两个都是傻孩子！"

他又转到光雄的房间。光雄皱着眉头，睡得很不安的样子。万得一边替他把被塞紧，一边望他的睡脸说："怕作文没写好就起来写。"他试着用手指头去把光雄的眉头拨开。"要么就好好睡。"他一时替光雄的作文感到沉重起来。

回到前厅的桌子,他坐下来翻翻光雄的作文本,发现小孩子的作文成绩还不错,最高的有甲,最低的还得乙上。他想着光雄说的两个作文题:《读索忍尼辛演讲有感》和《论忧患意识》。他想选一个替光雄代笔。他拿起小楷笔在报纸上,学着光雄还不成熟的字体,一边想着如何来论忧患意识。

思索中他得意地笑起来了。他想到用乡下养猪的猪公来做比喻,说它在猪辈之间,不但不知忧患,还活得神气活现,最后逃离不了上架,展示它肥胖的身躯。

三四个月来,他没有像这天晚上这么愉快过。他一遍又一遍地看替光雄写的作文。

他想光雄明天醒过来不必紧张,另方面,觉得写得很别致,口气上和字迹也学光雄学得几分像。他禁不住,跑到房间里,轻轻地推醒太太说:

"光雄的作文写好了呢。"

"你把他叫醒了?"

"不,是我替他写的。"

"你替他写的?"太太这下才真正地醒过来。

"是啊,不然怎么办。"

"几点了？"

"两点多了。"

"有没有看看小孩子？"

"都替他们盖好被了。"

"这么冷，赶快睡吧。"

"唔！真冷。"万得说着就钻进被窝里去了。

隔了一个礼拜。

晚上全家人都聚在前厅；小孩做功课，太太做手工，万得看杂志。不过，因为太太不赞成马上把电话顶让掉的事，又引起万得喋喋不休的，使整个家里的气氛紧张起来。

这个晚上光雄一直想找个机会把作文本子拿给爸爸看的。爸爸不高兴，觉得机会也没有了。但是心里却急着要爸爸看看作文本子。前些天，爸爸还常常问起作文本子发回来了没有？

"我知道我们现在不急着要用一万六千块钱。但是我现在没工作，家里还装有电话，我就觉得不相称，觉得不舒服你知不知道！"

"没工作是暂时的。等你有了工作，想要再装一部电话又不是那么容易。"

"谁晓得什么时候才有工作。我们何必为了一部没用的电话,每个月还得付一两百块钱!"

"电话费我来赚好了。"

"你不要以为做一点手工就可以养家了。"

"你……"太太把话吞了下去。

光雄没心听大人的争吵。他想着今天老师发作文本子给他的情形:

"蔡光雄。"

光雄拿到作文簿,脸上掠过怪异的表情。邻座的同学移过来看。他们看到老师给光雄的评语,忍不住地笑起来。老师一边发作文簿,还一边说:

"光雄,没有这样的成语的。但是针对你的这一篇作文来说,就是猪头不对马脸。"

大家听老师这么一说,全部笑起来了。

"光雄!你发什么呆!"妈妈说,"快做你的功课!"

光雄先是吓了一跳。然后看看爸爸,爸爸也正好看着他。

"爸爸,作文本子发回来了。"

"老师怎么讲的,拿来我看看。"万得很高兴在这个时候，有事情引开那不愉快的争执。

光雄很快地拿出作文簿给爸爸。万得想着那自认为巧喻的内容，还得意地翻着作文簿。翻到最后，论忧患意识的题目上，一个红色的"丙"字，满满地映在眼里，他先愣了一下，看看光雄。光雄带着责怪的眼神瞪着他。他一时变得像平时光雄怕他生气的眼神，很快地避开。他又翻翻作文簿，然后很不自然地笑着说：

"哈哈哈，我们饿不死了，我们饿不死了。光雄得了一个大饼回来！"

全家人除了光雄，都觉得奇怪地望着他。他合起本子，不笑了，也不喋喋不休了。

整个晚上，像很受委屈似的，连一根烟都没动地坐在那里。

原载一九七一年一月《文学双月刊》第一期

阿厾与警察

她无可奈何地露出惨淡的笑容,
回答两旁亦带着无可奈何地注视
她的目光,
走向附近的派出所。
那个背着的小男孩的整个脑勺,
向后翻出背巾外,
像登山队员的水壶被挂在那里晃动。

几条从市场辐射出来的街道，挤满了从乡间涌到小镇里来的菜担子。他们随时随地机警地照顾生意，另一方面还得担心维持交通秩序的警察先生。有时他们连警察的影子都没见到，但是只见有人跑动，也就跟着人挑起担子没命地奔跑。

一个挑着一担空心菜的中年村妇，背上背着满脸泪痕，而已经熟睡了的小男孩，紧跟在被警察拿走的秤子后头，口里不停地喃喃自语："好倒霉唷！唉，回家该叫道士摇摇法铃。"她无可奈何地露出惨淡的笑容，回答两旁亦带着无可奈何地注视她的目光，走向附近的派出所。那个背着的小男孩的整个脑勺，向后翻出背巾外，像登山队员的水壶被挂在那里晃动。

"同情一下吧！那秤子是向乌鸠他们借来的呐。"她突然兴奋地从腰间掏出一张皱皱的小纸团，"你看这一张单子。"

她很后悔把这一张单子弄成一团，她极力用手把它抹平："看！这不是？我还向菜市场缴了两块钱呐。我是头一次来卖菜的啊。只是想卖完这些菜，去买一批剃头刀。家里七八个小孩头发长得像鬼……"

"免讲！"挂好了帽子，喝了一口水，他总算坐下来开始办公。打开抽屉，拿出一张违警罚款单的空表格摊在玻璃垫上，手握着原子笔问：

"你叫什么名字？"

"阿，阿厏。"

"啊什么？"警察皱紧眉，"身份证拿出来看看。"

"就是阿厏的厏。我是我娘的尾仔子……"

"身份证拿出来。"

"噢！身份证……"她慌张地摸摸袋子。

"到底有没有嘛……"

"没，没有，没有啦。"她注意着他的表情，"不出外也就没带身份证。"强露笑容说。

"不出外？出了门不叫出外叫什么？"他实在厌烦得懒得再说话，"住哪里？"

"什么？"她一下子想清楚对方的问话，回道，"粿寮仔。"

"粿寮仔？"他抬起眼睛望她。

"是的,粿寮仔。"

"粿寮仔在哪里?"

"在小埤仔那里。"

"小埤仔?"

"是,小埤仔。"

他抑制着烦闷。他知道她并没有欺骗他。他想了想:

"在什么乡你知道不知道?"

"美间乡。"在那枯瘦与焦灼的脸上,忽然显露出彼此沟通了的喜悦。

"美间乡的什么村?"

"粿,粿……"那喜悦又遁失了。

"啧!又是粿寮仔粿寮仔的粿寮仔不完。"不耐烦地皱着眉头把原子笔重重地放在空表上。

所里的小工友背着公文袋走进来。

"陈阿语,你知道粿寮仔是哪一个村吗?"他问。

"永福村就叫粿寮仔。"小孩子打量那个女人。

"呀!还是小孩的记性好。对了,我好像知道有个福,就记不起什么福。"她向那小工友点头。

"是不是永福村？"他问女人。

因一时没注意他的话，她又愕住了。"什么？什么福村？"她的头回来望着小孩和带她来的警察。小孩子笑着，警察亦笑着。

小孩说："永福村就是粿寮仔。"

"噢！是，是，我就住在永福村。"她愉快地望着小孩。小孩向她点头。他知道她这次说对了。

他看了看她，把重新拿在手上的原子笔，轻率地往桌上一丢，双手伸到背后抱着后脑袋瓜，再把背往后一靠，眼睛失神地盯住桌上空白的表格，很意懒地说：

"回去，回到你的粿寮仔去吧。"

她低声细气地问："秤子是不是可以让我拿走？"

他稍稍一扬头，用下巴指着秤子，答应她拿走。

"啊！你做人太好了，将来一定有好报，一定升官。太好啦！"她一边说一边深深地鞠躬，"一定升官……"

经她这么一说，他不由己地低下头看看左上袋上的一毛一的阶章。

当那村妇走下派出所的阶梯时，他突然叫住她。

"出去外面，人家问你罚了没有？你要说罚了，知道不知道？"他不带任何表情说。

"为什么？"她茫然地，"你是好人啊！"

"你就照我这么说吧。"

她傻在那里不知走动。

"回去！快回去！"他催她离开。

她一时觉得很难走开。她慢慢地转身向外面，仍然惑傻了的那副样子。但当她看到水泥阶下，有几只阉鸡在啄食她的空心菜担时，她整个人都活跳起来了。"哟呼！该杀的死鸡哩！"她扬起手里的秤子，跑下阶赶鸡去了。小男孩子的头，像登山队员的水壶，左右晃动得更厉害。

原载一九六八年《仙人掌杂志》